I0643566

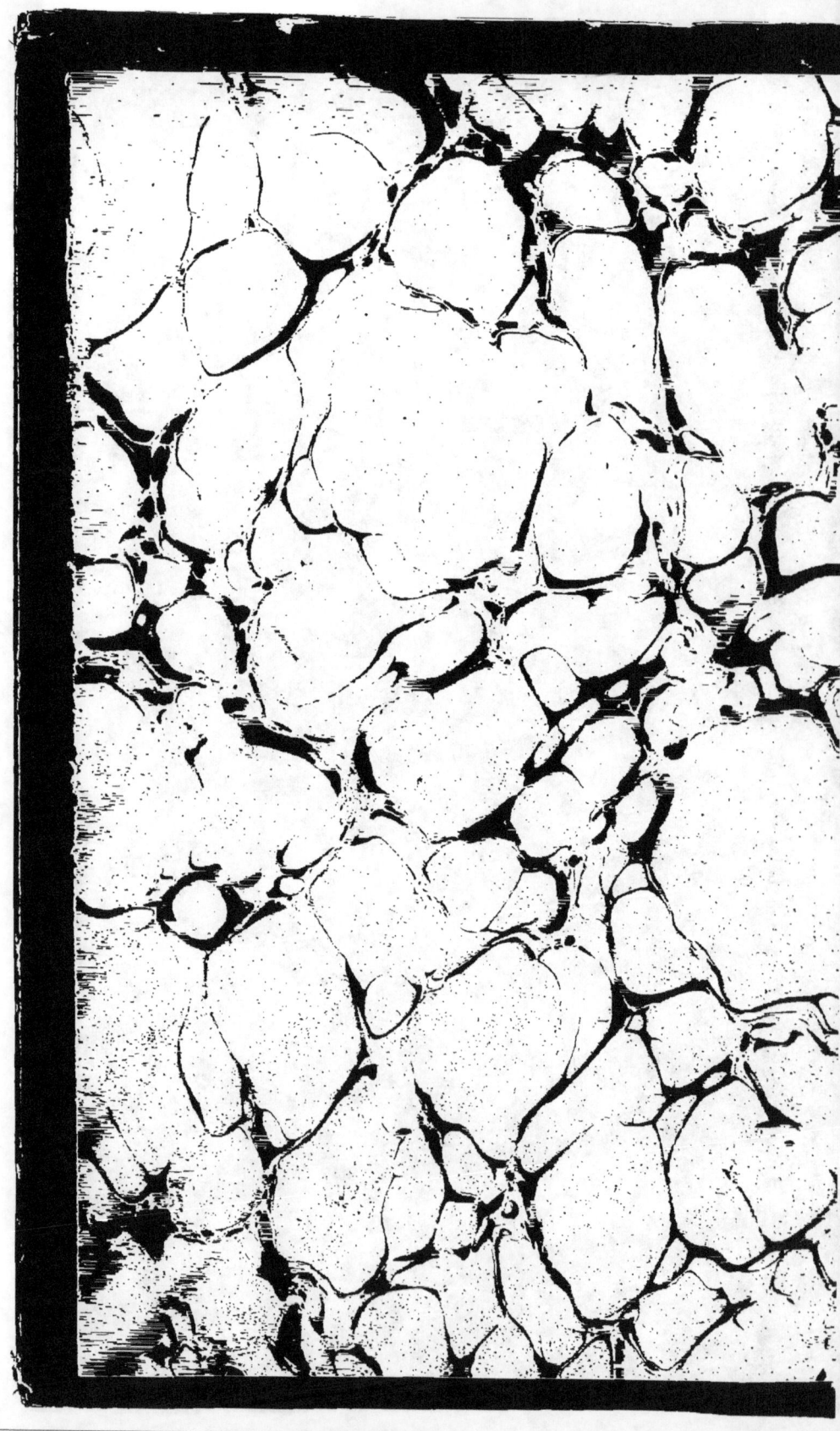

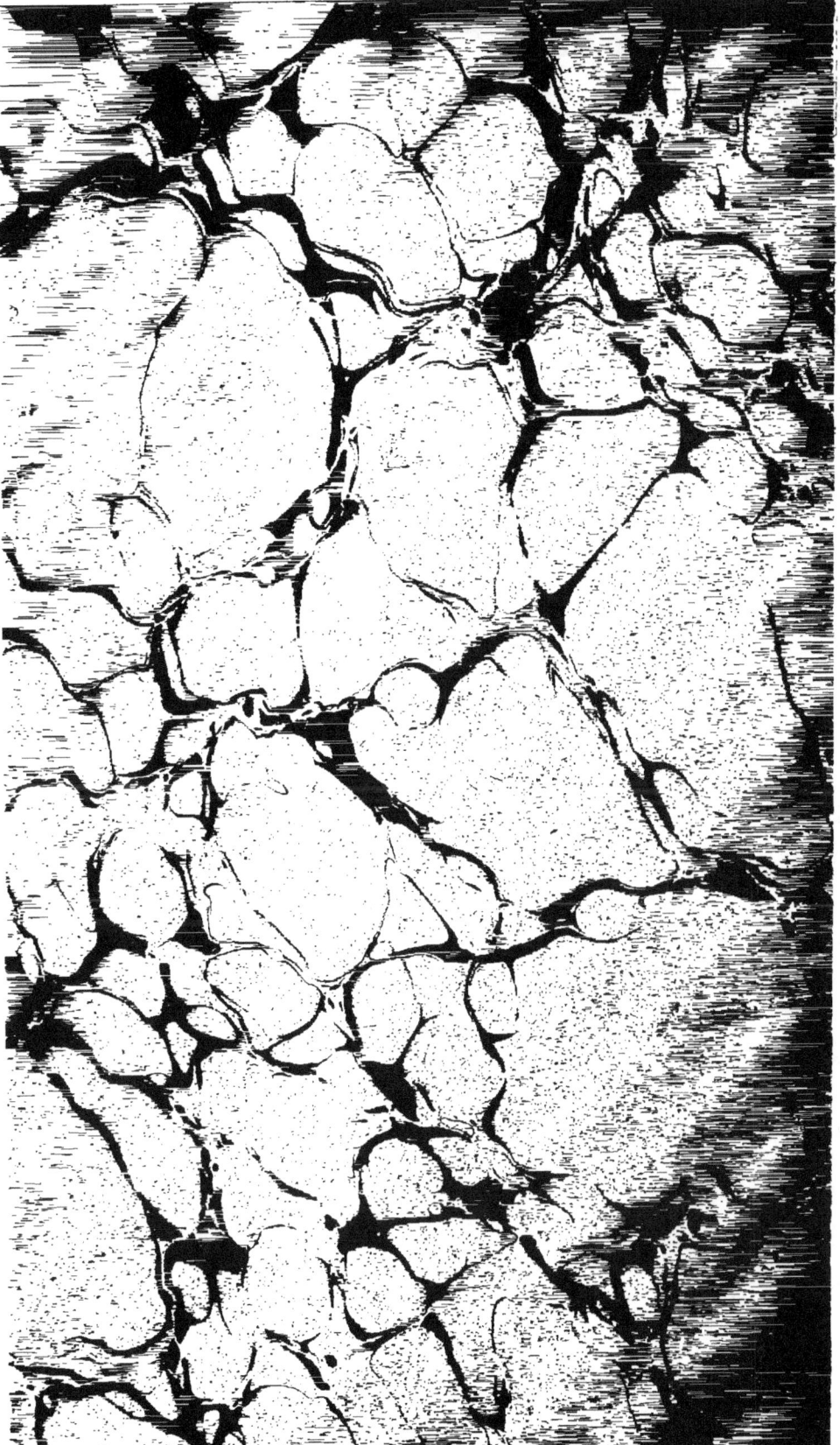

UNE

MAISON DE PARIS.

MÉMOIRES SECRETS

DE 1770 A 1830,

PAR M. LE COMTE ARMAND D'ALLONVILLE,

Auteur des Mémoires tirés des papiers d'un homme d'État,

DEPUIS L'INVASION DE ROME PAR LES NAPOLITAINS

JUSQU'AU TRAITÉ DU 10 NOVEMBRE 1815.

6 vol. in-8 de 450 à 500 pages chacun. — Prix : 36 fr.

Le tome VI et dernier se vend séparément, 8 fr.

———

Ces MÉMOIRES (DE 1770 A 1830), suite et complément des MÉMOIRES TIRÉS DES PAPIERS D'UN HOMME D'ÉTAT, qui s'arrêtent à 1815, dans lesquels l'auteur a montré la plus incontestable initiation aux faits de notre époque, et dont le succès européen n'a donné lieu à aucune réclamation, disent *tout ce qu'on ne sait pas, tout ce qu'on sait mal, et rien de ce qu'on sait.* Ils rectifient, avec l'autorité de pièces diplomatiques tirées pour la première fois des portefeuilles ministériels, ou à l'aide de témoignages irrécusables, cette foule de relations qui se sont grossies de tous les on-dit, de tous les bruits les moins fondés, de toutes les calomnies les moins probables, de toutes les erreurs les plus absurdes. En un mot les MÉMOIRES SECRETS se distinguent par un caractère évident d'authenticité, de ces nombreux Mémoires pseudonymes publiés par des gens qui n'ont jamais rien vu ni jamais rien su.

Les tomes V et VI contiennent l'histoire de l'EMPIRE et de la RESTAURATION dont l'auteur a surpris les secrets, ainsi que son retour en Russie, puis en France; il dévoile aussi les intentions et les projets des cours du Nord, notamment de la Russie, dont le tableau qu'il trace est le fruit de vingt ans d'observations dans ses relations avec les princes de cet empire.

Corbeil, imprimerie de CRÉTÉ.

·UNE

MAISON

DE PARIS

PAR ÉLIE BERTHET.

1

PARIS

PASSARD, LIBRAIRE-ÉDITEUR

9, RUE DES GRANDS-AUGUSTINS.

◁—▷

1848

CHAPITRE PREMIER.

I

1

Le 15 octobre 184., au moment où midi allait sonner, le père Bambriquet, propriétaire d'une maison d'assez belle apparence située rue de la Santé, non loin de la barrière Saint-Jacques, endossa un vêtement noir râpé, dont la coupe tenait le milieu entre celle d'un habit et celle d'une redingote, ce qui nous empêche de le désigner précisément par l'une ou l'autre de ces dénominations. Puis, le digne homme, après avoir placé dans la poche de son gilet deux quittances de loyer, soigneusement paraphées de sa main, sortit du pavillon qu'il occupait au fond de la cour de ladite maison et se dirigea vers le corps de logis principal habité par ses locataires. Ses mesures étaient si bien prises qu'au moment où le douzième coup de midi sonnait au Val-de-Grâce, il saisissait le cordon de soie bleue qui décorait une porte à deux battants au premier étage, et le son clair et argentin qui se fit entendre dans l'intérieur de l'appartement semblait être l'écho affaibli de l'horloge publique.

Mais avant d'aller plus loin, disons ce que

c'était que Bambriquet, sa maison et ses locataires. Le père Bambriquet, comme on l'appelait familièrement, était un négociant retiré
des affaires à la suite de spéculations heureu-
ses ; nous nous servons de ce mot de *négociant* par la raison que La Fontaine appelait
reines des étangs de pauvres grenouilles,
c'est-à-dire « parce qu'il faut toujours donner
aux choses les noms les plus honorables. » La
spécialité de Bambriquet avait été le vieux
chiffon ; autrement dit, il avait été chiffonnier en gros. A une époque où cette industrie
était abandonnée aux philosophes de bas
étage qui errent le jour et la nuit dans les
rues, cet homme, avec une sagacité qui,
dans un autre ordre d'idées, eût pu être du
génie, avait entrevu la fortune sous les hi-
deux débris destinés à l'égout.

Il était alors ouvrier papetier, et après avoir
appris son métier en province, il était venu
à Paris avec quelques économies, afin de
chercher du travail. Il savait donc aussi bien
que personne quelle importante industrie re-
posait sur ces misérables chiffons ramassés
dans la fange. Il employa le peu d'argent
qu'il possédait à louer une espèce de hangar
ouvert à tous les vents dans la rue la plus
triste et la plus sale du quartier Saint-Marcel,
et là il établit un entrepôt où les chiffonniers
nomades venaient apporter chaque jour le
résultat de leurs dégoûtantes recherches à
travers la ville. La spéculation réussit; on
n'avait pas encore inventé de faire du papier
avec des betteraves, des côtes de melon et je
ne sais combien d'autres substances du même
genre; on n'employait pour la fabrication du

papier que le vieux chiffon exclusivement, et bientôt l'entrepôt de Bambriquet acquit une grande importance. Les industriels en sous-œuvre, toujours sûrs d'échanger chez lui leur immonde fardeau contre de l'argent comptant, se fussent fait un point d'honneur de traiter avec un autre que lui, et, tant qu'il avait exercé son commerce d'entrepôt, il y avait eu émeute permanente de porte-hottes devant sa maison.

Pendant quarante ans, l'heureux Bambriquet avait vu son établissement prendre ainsi chaque jour un nouvel accroissement. Il est vrai qu'il ne s'était pas épargné lui-même, et pendant ce long espace de temps, on peut dire qu'il n'avait pas eu deux heures de repos complet. Retenu le jour et la nuit dans les vastes magasins qu'il avait fait construire à la

place du misérable hangar, premier théâtre
de sa prospérité, il avait vu défiler devant lui
plusieurs générations de chiffonniers, sans
cesse occupé à faire peser *la marchandise*, à
l'enregistrer, à l'emmagasiner ; il n'avait eu
de commis que pour la forme, voyant et faisant
tout par lui-même. La maison Bambriquet, à
l'époque de la révolution de juillet, était une
maison colossale qui produisait à son gré la
hausse et la baisse dans le prix du vieux
chiffon ; mais aussi, à peu près à cette époque, elle avait atteint son apogée; soit que la
concurrence fût devenue plus considérable,
soit que l'essor de l'industrie eût créé à la pa-
peterie des ressources nouvelles, Bambriquet
s'aperçut avec terreur que *le chiffon ne donnait plus*, c'est-à-dire qu'il ne gagnait plus
environ cent pour cent comme autrefois dans

ses marchés. Cela fit réfléchir le rusé spéculateur ; il comprit que ce commerce, qui
avait été avantageux, pouvait devenir désas-
treux à son tour : il s'empressa de vendre un
prix énorme, trois cent mille francs ! sa maison et sa clientèle, et il se retira des affaires,
annonçant d'un air contrit qu'il était une victime de la révolution de juillet.

Quelle victime , bon Dieu ! Outre le prix
de son établissement, Bambriquet possédait
encore dans divers quartiers de Paris trois ou
quatre maisons de grand rapport, et celle où
nous le trouvons, rue de la Santé, était une
des moins considérables, mais ce n'était encore là que sa fortune patente et avouée;
l'imagination des plus hardis calculateurs du
quartier s'égarait dans l'évaluation de la partie secrète de ses ressources financières. On

supposait qu'il avait hypothèque sur une
foule d'immeubles, d'hôtels, de terrains dans
Paris et la banlieue; on voyait toutes sortes
de gens d'affaires aller et venir autour de lui
et lui parler respectueusement; enfin on
disait de lui comme du père Grandet, « qu'il
ne savait pas lui-même de combien il était
riche. » Quoi qu'il en soit, dans notre temps,
où la propriété est la base presque unique de
la société, les distinctions sociales ne man-
quaient pas au père Bambriquet; il était juré,
électeur, éligible, et on prétendait même, à
l'époque où commence cette histoire, qu'il
serait probablement nommé membre du conseil municipal de la ville de Paris aux plus
prochaines élections.

L'ancien chiffonnier n'avait pour toute
famille qu'une fille dont la mère était morte

quelques douze ans auparavant d'une pleurésie gagnée dans le magasin glacial du faubourg Saint-Marcel. Elisa Bambriquet était âgée de dix-neuf ans environ, et, bien qu'à cet âge l'éducation des jeunes filles soit finie d'ordinaire, elle restait pensionnaire dans un couvent renommé où elle avait été placée dès sa plus tendre enfance. Bambriquet, par un sentiment de gloriole assez ordinaire chez les parvenus, avait choisi ce couvent, fréquenté surtout par les jeunes héritières de haute noblesse, et il n'avait rien épargné pour que son unique enfant reçût une instruction brillante et solide; aussi Elisa était, disait-on, une personne accomplie, pleine de grâces et de talents, et on ne s'expliquait pas pourquoi elle restait éloignée de son père. Déjà plusieurs fois elle avait dû quitter le couvent, et toujours, sous un prétexte ou sous un autre, ce projet avait été ajourné. En attendant qu'il se réalisât, le gouvernement de la maison restait entre les mains d'une servante de confiance sur laquelle la médisance avait eu occasion de s'exercer maintes fois. Cette servante, encore jeune et assez fraîche, s'était d'abord appelée Jeanneton tout simplement; mais depuis une année environ, Bambriquet avait exigé qu'on l'appelât *mademoiselle Lapiquette*, sans donner aucun motif à ce brusque changement. Quoi qu'il en soit, la commère, qui était adroite, avait su prendre un véritable empire sur l'esprit faible du vieillard, et peut-être n'était-elle pas étrangère à la décision qui exilait de la maison la propre fille de son maître, afin de conserver cette autorité absolue si chère à toute gouvernante.

Tel était donc le grave personnage qui allait réclamer chez ses locataires le terme échu de leur loyer. Dans cette circonstance solennelle, il avait employé tous les moyens possibles pour donner quelque majesté à sa personne naturellement peu majestueuse. Il était petit, rond, gros, à visage couperosé, à nez rouge toujours bourré de tabac, et ses oreilles démésurement longues étaient ornées de petites boucles en or. Outre l'habit phénoménal dont nous avons parlé (car c'était décidément un habit), il était vêtu d'un pantalon noisette et d'un gilet de bazin rayé qui enveloppaient simultanément la vaste rotondité de son abdomen ; des souliers de castor et un petit chapeau étriqué, à poil ras, comme on les portait il y a vingt ans, ornaient les deux extrémités de son individu. Ajoutez qu'il

avait mis pour ce moment désiré une grosse
paire de gants de daim jaunes qui rappelaient,
par la couleur aussi bien que par la matière,
la culotte de peau d'un gendarme, et qu'il
s'appuyait sur un gros jonc à tête d'ivoire
dont le temps avait fait disparaître la couleur
primitive.

Mais ce que rien ne saurait peindre, c'é-
taient la suffisance, l'orgueil, l'arrogance qui
se montraient sur sa petite trogne rouge de
plébéien. Il semblait tout bouffi de sa dignité
d'homme riche, de propriétaire, de maître
de maison. D'ailleurs, il avait certaines raisons
de penser que le locataire du premier, dont
il venait d'agiter bruyamment la sonnette,
n'était pas en mesure d'acquitter sa dette, et,
par anticipation, maître Bambriquet ne
croyait pas avoir de grands ménagements à

garder avec lui. Or ce locataire, chez qui
l'ancien chiffonnier s'annonçait d'une manière si indécente, était un sculpteur célèbre
que nous appellerons Edouard de Salviac.
Les raisons qui avaient décidé un artiste en
renom et très-répandu dans le monde à s'é-
tablir dans ce quartier isolé étaient de diverses natures. On sait que les travaux de sculpture nécessitent un local assez étendu, et il
est rare de trouver au centre de Paris des
ateliers suffisamment spacieux pour cet usage.
Le spéculateur Bambriquet, afin d'utiliser un
terrain qui n'était d'aucun rapport, avait fait
élever à peu de frais, au fond de son jardin,
une vaste construction qui convenait parfaitement à un atelier de sculpture. D'un autre
côté, la maison d'habitation elle-même était
bâtie dans les conditions modernes de confor-

table, et l'on offrait l'atelier et l'appartement du premier pour deux mille francs par an. C'était trop cher d'un tiers, mais le tout eût coûté trois fois plus dans le quartier élégant de la chaussée-d'Antin, et l'artiste, assez mauvais calculateur, crut faire une excellente économie en concluant un bail avec Bambriquet. En revanche, comme il ne pouvait renoncer à ses nombreuses relations et comme des intérêts importants l'appelaient chaque jour dans Paris, il se pourvut d'une de ces petites voitures à un cheval que l'on appelle *demi-fortunes,* afin de compenser l'inconvénient de la distance. C'était, on le voit, une économie assez singulière et dont un artiste seul pouvait avoir la pensée. Quoi qu'il en soit, la présence d'Edouard de Salviac donnait seule un peu de vie à la rue solitaire qu'il habitait, et lorsque les bonnes gens du quartier le voyaient passer dans sa voiture, décoré de plusieurs ordres, en compagnie de personnages distingués, ils soutenaient qu'il devait être aussi riche au moins que son propriétaire, et ils le regardaient d'un œil d'envie.

Hélas ! tous ces brillants dehors étaient trompeurs, et Bambriquet le savait bien. Edouard de Salviac n'était pas riche, et quelque largement que fût rémunéré son beau talent, la haute position qu'il occupait dans le monde l'obligeait à une représentation ruineuse. Il avait épousé par amour une jeune et jolie personne, appartenant à une famille honorable, d'une éducation parfaite, mais sans fortune ; un enfant, âgé de quatre à cinq ans à l'époque où nous nous trouvons, avait été le fruit de ce mariage. Madame de

I   2

Salviac adorait son mari, dont le talent et les qualités aimables la rendaient fière ; Edouard, de son côté, était plein d'affection pour sa femme. Tous les deux faits pour le monde, et n'ayant qu'à s'y montrer pour recueillir des hommages, s'exagéraient peut-être l'importance de ses relations avec la société choisie ; il était passé en axiome entre les deux époux que « le talent qui reste enfermé chez lui est inconnu ou bientôt oublié, » et cet autre encore : « que dans ce monde brillant il faut briller pour réussir. » D'après ce double principe, ou peut-être cette double erreur, l'imprudent artiste se croyait obligé d'égaler en luxe et en dépense les grands personnages qu'il fréquentait, et il ne remarquait pas qu'il marchait rapidement vers sa ruine.

Puisque nous parlons des locataires de

Bambriquet, un mot encore sur celui à qui la seconde quittance était destinée.

C'était un individu assez mystérieux de costume et d'allures, qui occupait un petit appartement de six cents francs, au-dessus de Salviac. Il s'appelait Moreau, il paraisait avoir quarante ans environ, et il vivait seul, sans autre domestique qu'une femme de ménage qui venait soir et matin préparer sa nourriture. Il s'absentait chaque année pendant sept ou huit mois sans qu'on sût où il allait, et pendant les quatre ou cinq mois qu'il habitait la maison de la rue de la Santé (c'étaient toujours les plus beaux de l'année), on ne le voyait pas une seule fois mettre le pied dehors pendant le jour ; seulement chaque soir, à la brune, il sortait enveloppé dans une longue redingote bleue, un chapeau à larges bords sur les yeux, une canne à la main, et il s'acheminait lentement vers la barrière Saint-Jacques. Sa promenade n'était jamais bien longue, et il était toujours rentré à dix heures pour ne plus ressortir jusqu'au lendemain. Jamais on ne venait le demander, et personne ne semblait le connaître à Paris, excepté un vieillard d'aspect vénérable, ayant la tournure d'un homme d'affaires, qui tous les quinze jours environ lui faisait une courte visite. Du reste, M. Moreau ne recherchait personne, ne parlait à personne, et semblait n'avoir qu'un désir, celui de vivre dans la plus profonde retraite, le plus parfait isolement.

On peut croire que, même dans un quartier aussi solitaire et aussi tranquille que celui de la rue de la Santé, de pareilles habitudes

avaient dû, à la longue, attirer l'attention.
Aussi il n'était sorte de suppositions que l'on
n'eût faites dans le voisinage au sujet du mystérieux Moreau ; on l'avait regardé tour à tour
comme un homme immensément riche et
comme un petit rentier ; on l'avait pris pour
un conspirateur qui se cachait, puis pour un
mouchard, puis pour un banqueroutier. On
expliquait enfin de toutes sortes de manières
ce goût si prononcé pour la solitude, et les
propos les plus absurdes circulaient sur sa
personne et sa position sociale. Une commère
du faubourg jurait ses grands dieux que l'hiver précédent, pendant une absence présu-
mée de M. Moreau, elle l'avait rencontré
caracolant dans les Champs-Élysées sur un
magnifique cheval, et qu'il était suivi de deux
laquais en riches livrées. Un portier, sans

doute piqué au jeu par un conte aussi invrai-
semblable, disait tout bas en hochant la tête:
que M. Moreau pouvait très-bien être le duc
de Bordeaux, rentré en France pour réclamer le trône de ses pères, et qui se cachait en
attendant le moment de renverser le gouvernement. Enfin les langues avaient beau jeu,
et certes M. Moreau lui-même n'eût pu s'empêcher de rire, tout grave qu'il était, s'il eût
connu à quelles étranges pensées les oisifs et
les curieux du quartier se livraient à son
sujet.

Bambriquet lui-même s'était ému des divers bruits auxquels donnait lieu ce singulier
personnage. Malheureusement M. Moreau
était aussi peu communicatif avec lui qu'a-
vec tous ceux qui l'approchaient. Il ne parlait que pour affaire indispensable et dans le

moins de mots possibles. Une fois, que le négociant retiré avait paru vouloir le question-
ner, il avait pris un air si fier, si hautain, si
dédaigneux, que le pauvre Bambriquet se
l'était tenu pour dit et n'avait jamais osé revenir à la charge. M. Moreau, après tout,
était un excellent locataire, tranquille, rangé
et payant exactement son terme ; or, les bons
locataires sont rares partout, et Bambriquet,
craignant de mécontenter celui-ci en lui
adressant de nouvelles questions, restait coi
et couvert, en attendant une occasion favorable de pénétrer le secret de l'inconnu.

Le jour dont nous parlons, M. Moreau
avait déjà annoncé à la femme de ménage son
prochain départ, suivant son habitude à cette
époque de l'année, et la femme de ménage
s'était empressée de colporter la nouvelle.

Bambriquet s'attendait donc à toucher non-
seulement le terme échu, mais encore le
terme à échoir, pendant l'absence de son
locataire ; aussi il n'aurait eu garde de laisser passer l'heure du payement, et il comptait bien rendre visite au farouche Moreau
dès qu'il en aurait fini avec Edouard de Salviac, celui dont la créance l'occupait le plus
particulièrement.

Au bruit de la sonnette violemment agitée,
le son d'un piano qui se faisait entendre dans
l'intérieur de l'appartement s'éteignit tout à
coup, et presque aussitôt la porte s'ouvrit. Un
petit groom de douze ans, à figure espiègle,
se présenta à maître Bambriquet. Il était
vêtu d'une veste écarlate, d'un pantalon bleu;
il avait des bottes à revers jaunes, et un bonnet grec était fièrement posé sur son oreille.

En reconnaissant le propriétaire, il ne fit pas un mouvement pour saluer, et il dit seulement d'un ton familier :

— Tiens ! c'est le papa Bambriquet ! Eh bien ! mon vieux, qu'y a-t-il pour votre service ?

L'ancien chiffonnier, par cela même qu'il s'était trouvé en rapport pendant la plus grande partie de sa vie avec des gens dont les manières et le langage n'étaient pas très-relevés, se montrait particulièrement chatouilleux sur les égards qu'il croyait lui être dus. Depuis qu'il était retiré du commerce, il avait de grandes prétentions au beau langage et aux belles manières ; il parlait avec redondance, affectant de se servir d'expressions recherchées dont il ne comprenait pas toujours le sens, et il s'écoutait parler avec complai-

sance. Aussi il est facile de s'imaginer quel
effet produisit sur lui la question assez peu
respectueuse du jeune homme. Il devint cra-
moisi, et il répéta d'un ton d'emphase senten-
tieuse qui rappelait le Joseph Prud'homme
d'Henry Monnier :

— Ce n'est pas vous que je demande,
mosieu ! je n'ai pas affaire à vous, *mosieu !*
j'ai affaire à votre maître, *mosieu !* et je n'ai
pas le temps de faire des *colloques* avec les
gens de votre sorte.

— C'est dommage, ma foi, répondit le
jeune cerbère d'un air railleur ; j'étais en
train de jaser, et vous êtes si aimable... Mais
vous ne pouvez entrer, monsieur est sorti.

— En ce cas, je puis au moins voir madame son épouse.

— Impossible, madame est absente.

—Comment! personne ici un jour de terme? cela est *incohérent!* j'ai entendu tout à l'heure en montant, le piano de votre dame?

— L'avez-vous entendu? demanda le groom avec un aplomb superbe; en ce cas, madame n'est pas sortie, mais elle ne peut vous recevoir.

— Allez lui dire que c'est moi, monsieur Bambriquet, qui vient pour...

— Vous avez beau *venir pour*, vous n'entrerez pas; madame a défendu sa porte pour tout le monde.

Bambriquet frappa violemment le parquet avec sa canne.

—Ah! c'est ainsi que l'on me traite! s'écria-t-il avec insolence, eh bien! je vous dis que j'entrerai, moi! je ne me laisserai pas renvoyer comme un créancier de comédie à qui l'on dit toujours qu'il n'y a personne. Cette maison est à moi, et l'on ne me paye pas mes termes, et l'on ne me rend pas l'argent que j'ai prêté... Ça ne peut pas aller comme ça, sapristie ! fais-moi place, petit drôle ; maître ou maîtresse, il faut que je voie quelqu'un... Allons, laisse-moi passer, ou je te corrigerai avec ma canne !

— Oh ! pour cela non, dit l'enfant en reculant lestement de quelques pas et en se mettant dans la position d'un boxeur les poings fermés ; je vous en défie.

Bambriquet prudemment resta immobile, mais il redoubla ses cris.

— Ah ! l'on veut se porter à des excès, reprit-il ; on veut me frapper ? J'avertirai

l'autorité, je ferai venir des gendarmes...
C'est une horreur ! c'est une indignité !

En ce moment la porte du salon s'ouvrit
tout à coup, et une jeune et jolie femme parut
sur le seuil, au milieu des flots de lumière
qui se répandirent dans l'antichambre. Elle
était vêtue d'un peignoir blanc garni de dentelles : de longues boucles de cheveux châ-
tains, encadraient son visage frais et gracieux, et retombaient sur ses épaules demi-
nues. C'était madame de Salviac.

CHAPITRE II.

II

— Mon Dieu ! qu'y a-t-il donc ? demanda-t-elle d'une voix douce légèrement altérée par la frayeur ; eh bien ! Narcisse, continua-t-elle en s'adressant au petit groom, est-ce encore une de vos étourderies ?

Narcisse, puisque tel était le nom de l'enfant, prit une contenance respectueuse et ôta précipitamment son bonnet qu'il avait oublié sur sa tête en présence de Bambriquet.

— Madame, répondit-il en baissant les yeux, vous aviez défendu...

— J'avais défendu ma porte pour les étrangers, mais non pas pour M. Bambriquet, qui est notre... ami.

— C'est cela; l'entends-tu bien, polisson? reprit le propriétaire furieux, dites-le-lui bien, madame, afin qu'il ne l'oublie pas... Oui, je suis votre ami, et un fameux encore! et je ne suis pas de ceux qu'on peut mettre à la porte comme cela, mille tonnerres!

Une vive rougeur colora les joues de madame de Salviac, et elle se hâta d'interrompre cette conversation bruyante.

— Entrez, monsieur Bambriquet, dit-elle avec précipitation en se dirigeant vers le salon : vous attendrez mon mari, qui ne doit pas tarder à revenir, et je me ferai un plaisir de vous tenir compagnie.

Bambriquet la suivit en grommelant, et elle se hâta de refermer la porte derrière lui comme si elle eût craint que cette ignoble querelle vînt à se ranimer.

Le salon d'Edouard de Salviac, arrangé par le goût d'un artiste et par celui d'une femme du monde, était un modèle d'élégance et de richesse : les meubles dorés étaient recouverts en velours brun de la plus grande fraîcheur, et des pentes de même étoffe cachaient toutes les portes sous leurs plis amples et lourds; un tapis moelleux absorbait le bruit des pas. Partout des glaces, des bronzes et des dorures. Les murailles étaient garnies de tableaux signés des noms les plus illustres dans la peinture moderne. Sur une magnifique console de marbre dont l'artiste avait ciselé lui-même les précieux ornements, était un grand écrin tout ouvert, contenant des médaillons en or, en argent et en bronze, des tabatières ornées de pierres précieuses, des objets de prix que le grand sculpteur avait reçus, comme récompense, de divers souverains ; et dans le noble orgueil qui se manifestait par l'étalage de ces précieuses récompenses, on devinait l'artiste qui travaille pour la gloire avant de travailler pour l'intérêt.

A cette pièce si coquettement meublée, la blanche et poétique jeune femme ajoutait un charme de plus. Çà et là sur les meubles, on voyait épars de petits objets à son usage : là un flacon de cristal, un nécessaire de vermeil ; plus loin une broderie inachevée. Un superbe piano de palissandre, ouvert et chargé de musique, semblait attendre la main légère qui caressait un instant auparavant ses touches d'ivoire et d'ébène. La présence de madame de Salviac donnait la vie à ce luxe merveilleux ; sans elle tout eût semblé morne, froid et triste ; par elle tout prenait de la grâce, de la fraîcheur, du mouvement ; et son image, répétée mille fois par les hautes glaces qui garnissaient l'appartement, semblait le peupler de belles et légères apparitions.

Bambriquet au contraire faisait comme une hideuse tache dans ce riche salon destiné à l'aristocratie de l'intelligence et de la beauté. Il s'était laissé tomber sur le premier

fauteuil qu'il avait rencontré, et, le chapeau
sur la tête, les mains appuyées sur le pom-
meau de sa vieille canne, il essuyait machinalement ses souliers sur les fleurs délicate-
ment nuancées du tapis. Mais madame de
Salviac, bien qu'elle fût habituée à la plus
scrupuleuse politesse, aux égards les plus
délicats de la société choisie, ne parut pas
remarquer l'inconvenance choquante du visiteur ; elle appela sur ses lèvres son plus sé-
duisant sourire et elle se mit avec empressement à faire les honneurs de chez elle à ce
grossier personnage. Elle allait et venait autour de lui, approchant un coussin de velours
pour mettre sous ses pieds, abaissant les por-
tières pour le préserver des courants d'air ;
on eût dit d'une souple et gracieuse chatte
blanche ondulant autour d'un vieux barbet

crotté et hargneux. A toutes ces politesses, Bambriquet grommelait en secouant les épaules :

— Grand merci ; ce n'est pas la peine... je n'aime pas à sentir toutes ces *fanfreluches* sous mes pieds. Ne faites pas attention si je garde mon chapeau, c'est que je suis enrhumé. Ouf ! continua-t-il en se renversant dans le fauteuil et en allongeant ses petites jambes un peu cagneuses, ce méchant drôle m'a mis hors de moi... Je me sens tout je ne sais quoi, tant je suis en colère.

— Eh bien ! monsieur Bambriquet, demanda la jeune femme avec empressement, voulez-vous que je vous fasse un peu de musique en attendant le retour de mon mari ? cela vous distraira.

Et elle se dirigea vers le piano.

— Non, non, ne vous dérangez pas, dit Bambriquet brusquement ; je n'aime pas la musique, bien que ce soit bon genre ; ça me donne mal à la tête... Ma fille Lisa, qui va enfin sortir du couvent, a voulu apprendre à *jouer* du piano, et je ne l'ai pas contrariée, quoique je ne voie pas trop à quoi cela sert ; mais on est si drôle aujourd'hui !.... Votre polisson de domestique m'a rendu malade pour plus de huit jours !

Madame de Salviac étouffa un soupir et elle vint s'asseoir dans une bergère en face de l'étranger.

— Allons, monsieur Bambriquet, dit-elle d'un petit ton doux et caressant, oubliez l'inconvenance de ce pauvre Narcisse ! je le ferai gronder sévèrement par mon mari, je vous le promets. Songez que c'est un enfant, un étourdi....

—Etourdi tant que vous voudrez, répliqua le vieillard brutalement, mais il faut que vous chassiez sur-le-champ ce petit vaurien qui m'a manqué. Je ne veux plus d'un pareil garnement dans ma maison !

La jeune femme se redressa vivement; son visage rose s'était empourpré tout à coup, et une étincelle semblable à celle que jette un diamant brilla dans son œil bleu.

— Vous ne voulez pas, répéta-t-elle avec dignité; vous oubliez, monsieur, que votre volonté ne suffit pas pour chasser d'ici un de mes domestiques.

Bambriquet fit un mouvement, et ses traits exprimèrent une sorte de stupéfaction;

puis il pinça les lèvres et se mit à dandiner sa jambe d'un air menaçant.

Il y eut un moment de silence. Madame de Salviac avait pris sa broderie pour se donner une contenance. L'insolence de Bambriquet l'avait révoltée, et elle avait cédé en la relevant à un sentiment de dignité plus fort que toute réflexion. Mais ce premier mouvement passé, elle réfléchissait aux motifs sans nombre qu'elle avait de ménager son grossier interlocuteur, et elle cherchait les moyens d'effacer, sans toutefois sacrifier son amour-propre de femme, la mauvaise impression qu'elle avait pu produire sur lui.

Madame de Salviac reprit après un moment de pénible silence :

— Je regrette, monsieur, que vous soyez obligé d'attendre si longtemps... Mon mari est allé à l'ambassade de Saxe, et il ne saurait tarder; cependant si vous vouliez bien me dire le motif de votre visite...

— Ah ! il est chez un ambassadeur ! répliqua Bambriquet d'un ton bourru; c'est toujours comme ça avec lui! Il est toujours fourré chez les grands seigneurs... Malgré cela, il pourrait bien choisir pour se promener un autre jour que le jour du terme.

La jeune femme tressaillit, et une pâleur subite remplaça les roses de son teint.

—Ainsi donc, monsieur, demanda-t-elle précipitamment, c'est aujourd'hui jour de terme. et vous venez pour...

— C'est aujourd'hui le 15 octobre, et d'après la coutume de Paris, les loyers au-dessus de cinq cents francs par an sont exigibles

ce jour-là à midi précis... Il est midi vingt
minutes, et j'apporte ma quittance.

— Monsieur, balbutia madame de Salviac,
j'oubliais... j'ignorais...

— Une bonne femme de ménage ne peut
ignorer cela ; à quoi servirait donc l'éducation ? Enfin j'espère que cette fois votre mari
est en mesure de me payer le terme courant
et le terme dernier, pour lequel j'ai eu la
bonté d'attendre ; j'ai là deux quittances dans
ma poche, en lieu de sûreté... C'est mille
francs qu'il me faut.

— Mon Dieu, monsieur, Edouard ne me
compte pas ses affaires ; mais je crains bien
que cette fois encore....

— En ce cas-là, j'en suis fâché, mais
nous aurons *castille* ensemble ; vous sentez
bien que je ne peux pas attendre éternelle-

ment. Ecoutez, madame, je veux vous dire
une chose, et une femme de tête comme vous
pourra en faire usage pour sa gouverne :
votre mari suit de mauvaises connaissances...
tous ces grands seigneurs-là, voyez-vous, ça
ne donne pas de pain à manger et ça fait
dépenser de l'argent en diable. « Mais, direz-
vous, mon mari est *artiste*, il est membre de
l'*instétut*, il faut qu'il tienne son rang ! »
Du diable si je vois quel rang il y a à tenir
dans son état plutôt que dans un autre ! c'est
un état fort sale au moins : être toujours à
gâcher de la terre glaise comme un boueur,
ou à travailler du marbre comme un tail-
leur de pierre ; je ne vois pas dans tout cela
ce qui peut le rendre fier ! Mon état à moi
n'était pas sale comme ça, je vous assure...
mais, sur ma parole, les gens deviennent

fous de faire tant de bruit avec ces peintres et
ces faiseurs d'*estatues*, et c'est encore la révolution de juillet qui nous a amené tout cela.

— Prenez garde, monsieur Bambriquet,
reprit la jeune femme en souriant de l'opinion de l'ancien chiffonnier sur l'art et sur les
artistes, la profession de mon mari peut ne
pas être aussi lucrative que certaines indus-
tries ; mais elle est si honorable, elle donne
lieu à de si nobles et de si glorieuses distinctions....

—Ah! vous voulez parler de ces croix, de
ces médailles, de ces tabatières que l'on envoie
de tous côtés à votre *homme!* Pardieu! la belle
affaire; à quoi ça lui sert-il tout ça quand sa
bourse est vide? A sa place, je me moquerais
bien d'avoir donné des poignées de main à
une foule de rois et de gouvernements, si je ne

pouvais pas payer mon terme !... Non, voyez-
vous, ma petite dame, continua-t-il en prenant
un ton de protection familière, je vous dirai
cela poliment, parce que je suis un homme
comme il faut, mais votre mari fait des bê-
tises, il dépense trop. Voyez, moi : est-ce que
je dépense beaucoup ? deux mille francs par
an, ma chère ; deux mille francs, pas davantage : et cependant, ma parole d'honneur,
je ne me refuse rien. Il est vrai que j'ai de
bonnes habitudes, et je ne sais comment je
pourrais m'y prendre pour employer un sous
de plus chaque année. Au lieu de cela, votre
mari m'a emprunté en moins de deux ans
près de vingt mille francs, qu'il m'a hypothéqués sur ce beau mobilier là, et ces vingt
mille francs, avec ce qu'il a pu se procurer
ailleurs ou gagner par son travail...

— Vingt mille francs ! s'écria madame
de Salviac avec un accent douloureux; la
somme est-elle donc si forte?

— Elle est telle que j'ai l'honneur de vous
le dire, madame : vingt mille francs avec
les intérêts à sept et demi ; tout cela est parfaitement en règle... Maintenant, si votre mari
n'est pas en mesure d'acquitter aujourd'hui
les termes échus, il faudra que je poursuive
le remboursement des deux sommes à la fois,
et, sur ma parole, continua-t-il en jetant
autour de lui un regard d'huissier-priseur,
je ne sais pas s'il y aura assez pour me payer.
Tous ces colifichets là coûtent fort cher et se
revendent fort peu, surtout lorsqu'ils se ven-
dent par autorité de justice.

Chacune des paroles du sec et prosaïque industriel entrait comme une pointe acé-

rée dans le cœur de la pauvre jeune femme :
l'orgueil, la colère, la terreur l'agitaient à
la fois ; elle était pâle et haletante. Mais lorsqu'elle entendit l'ancien chiffonnier annoncer
avec son flegme glacial l'impitoyable déter-
mination qu'il avait prise, l'épouvante l'em-
porta sur toute autre considération, et elle
s'écria d'un ton suppliant en joignant les
mains :

— Oh ! vous ne ferez pas cela, monsieur Bambriquet ! vous ne seriez pas assez
méchant pour user envers nous de toute la
rigueur de votre terrible droit !.....Savez-vous
que des poursuites, une saisie nous feraient
perdre notre considération, nous feraient
rougir aux yeux de tous ceux qui nous con-
naissent? Nous ne pouvons pas, nous ne devons pas avouer une gêne que des ennemis

I   4

attribueraient à l'inconduite et à la légèreté.
Écoutez, Edouard est aventureux, hardi,
plein de confiance dans l'avenir ; il a toujours
voulu me cacher ce qu'il y a de triste sous les
brillants dehors de sa position ; il m'a entourée
de luxe et de bien-être, et comme un enfant,
je me suis laissée aller à jouir de tous ces
avantages sans m'informer à quel prix ils
étaient achetés. Mais enfin je lui ferai comprendre le danger, et il cèdera à l'évidence.
Nous avons des amis puissants : vous serez
payé intégralement, je vous l'assure... mais,
de grâce, ne nous poursuivez pas en ce moment ! laissez-nous le temps de nous reconnaître. Notre existence est une loterie où le
billet gagnant peut sortir d'un moment à
l'autre... ayez un peu de patience.. Mon Dieu!
je mourrais d'effroi si je voyais un homme

de justice pénétrer ici, dans ce joli appartement où se renferment toutes mes affections,
tous mes désirs, toutes mes joies! Je sais que
vous n'êtes pas méchant, monsieur Bambriquet; pourquoi nous traiteriez-vous avec rigueur? Ce n'est pas la nécessité qui vous
pousse : on dit que vous êtes riche, immensément riche. Que vous importe si votre argent rentre quelques jours plus tard dans vos
coffres, pourvu qu'il y rentre?

Tout en parlant, elle s'était rapprochée du
propriétaire : les longues boucles de ses cheveux soyeux et parfumés touchaient presque
l'épaule de Bambriquet ; sa voix était cares-
sante et plaintive tour à tour : elle pleurait,
elle souriait. Pour tout autre que ce grossier
parvenu, elle eût été irrésistible : mais Bambriquet ne la regardait pas ; les yeux tournés

vers le plafond, il dandinait sa jambe et haussait de temps en temps les épaules avec impatience :

— Tout cela est bel et bon, ma chère dame, répliqua-t-il en faisant claquer ses lè-vres ; mais je ne suis pas un homme qui se laisse facilement cajoler et entortiller, voyez-vous ; je suis un vieux renard, moi... Vous dites que je suis riche : c'est possible ; je ne m'en cache pas, et je conviendrai même que si j'avais des idées de faire de la dépense, je pourrais dépenser vingt fois plus que votre mari, sans me gêner ; mais ce n'est pas dans mes goûts ; je n'ai pas été élevé à ça. Cepen-dant, si je ne veux pas moi-même mener grand train et jeter l'argent par les fenêtres, ce n'est pas une raison pour que les autres fassent les grands seigneurs à mes dépens et

prennent des airs de se moquer de moi par-
dessus le marché... Chacun tient à ce qu'il
a, et si l'on aime à briller, au moins que l'on
brille à ses frais, que diable !

Cette fois la femme de l'artiste perdit patience ; elle se leva et elle allait sans doute
donner carrière à son indignation, lorsqu'un
bruit de voiture qui retentit dans la cour arrêta sur ses lèvres l'expression de sa colère.

— Monsieur, dit-elle avec précipitation,
voilà mon mari qui rentre... je vous en sup-
plie, ne le blessez pas ! Edouard est vif, emporté, et je crains...

— Eh, pardieu ! reprit Bambriquet avec
humeur, moi aussi je suis vif, vif comme la
poudre, et nous verrons bien qui cédera.

— Monsieur, de grâce...

Mais avant qu'elle eût pu achever, on sonna bruyamment, et presque aussitôt Edouard de Salviac parut.

CHAPITRE III.

III

C'était un homme de trente-six ans, de
haute taille et de l'extérieur le plus distingué.
Malgré sa barbe noire taillée à la mode,
malgré ses yeux pleins de feu et son front
large et découvert, sa physionomie régulière

avait une expression de douceur et de gaieté.
Il était en grande toilette, habit et pantalon
noirs d'Humann, gilet blanc et cravate blanche ; sur sa poitrine brillait une brochette de
croix dont il se parait lorsqu'il devait visiter
quelque personnage officiel.

Il entra dans le salon avec beaucoup
d'aisance et de vivacité. Sa femme courut
au-devant de lui avec empressement, et
Bambriquet, malgré sa mauvaise humeur, fit
un mouvement de corps qui à la rigueur
pouvait passer pour un salut.

— Bonjour, mon ange, dit l'artiste.

Et il allait déposer un baiser sur le front
de sa jeune femme, lorsqu'elle se détourna
vivement en lui désignant l'étranger.

— Tiens, c'est vous, papa Bambriquet?
dit Salviac d'un ton familier en se jetant dans

un fauteuil et se mettant en devoir d'ôter ses gants; je ne vous voyais pas, quoique vous soyez d'un embonpoint raisonnable. Et quel bon vent vous amène, mon gros père aux écus?

— Père aux écus... bon vent ! répéta le chiffonnier avec colère. Il s'agit de s'entendre... je suis venu pour le terme échu aujourd'hui.

— Voilà ce qui s'appelle entrer rondement en matière, dit l'artiste en se mettant à l'aise dans son fauteuil, et je reconnais là votre franchise ordinaire, papa Bambriquet. Eh bien, ma foi ! continua-t-il négligemment, vous arrivez mal à propos... je viens de changer mon dernier billet de banque et j'en ai laissé une bonne moitié chez

un tas de marchands. Ce sera pour une autre
fois, mon respectable propriétaire.

Bambriquet s'élança furieux de son siége.

— Ouais ! s'écria-t-il ; et c'est là tout ce
que vous avez à me dire ? et vous croyez me
payer avec cette monnaie-là ? Croyez-vous
donc que je vous laisserai faire le grand seigneur avec....

Il n'acheva pas ; Salviac se redressa tout à
coup et son regard s'enflamma.

— Que signifie ce ton-là, maître Bambriquet ? demanda-t-il en fronçant les sourcils.

— Mon ami, s'écria la jeune femme en
s'emparant de sa main, ne t'emporte pas...
Il est vieux, il ignore les usages du monde,
d'ailleurs...

Edouard la regarda avec attention.

— Que s'est-il passé, Cécile ? demanda-

t-il ; vous avez les yeux rouges, vous avez
pleuré, vous êtes toute tremblante... Mais je
devine : cet homme a profité de mon absence
pour vous effrayer, vous menacer peut-être,
et comme il a conservé les manières de son
ancienne profession...

— Mon ancienne profession valait bien la
vôtre, riposta le chiffonnier ; et pour ce qui
est de mes manières, je sais me conduire
aussi bien qu'un autre en société, quoique je
n'aie pas appris le latin ! Je suis connu dans
l'arrondissement, voyez-vous ; je suis électeur, éligible, je serai membre du conseil
municipal si je veux, au lieu que vous, malgré tous vos grands airs, vous n'êtes rien,
rien du tout, monsieur de Salviac !

— Cécile, dit le sculpteur avec un calme
forcé en s'adressant à sa femme, cette conver-

sation ne peut continuer en votre présence ;
retirez-vous, je vous prie, et laissez-moi causer avec cet insolent.

— Non, non, je ne te quitte pas, je m'at-
tache à toi ! s'écria Cécile en l'entourant de
ses bras ; je connais ta violence ; tu pourais,
emporté par la colère... Edouard, continua-
t-elle plus bas, pour moi, pour notre enfant,
modère-toi ; cet homme peut nous faire bien
du mal.

— Oh ! tous ces grands mots-là ne m'imposent pas ! dit l'imprudent Bambriquet d'un
air de défi ; il n'est pas facile de m'effrayer,
moi, et je veux vous dire votre fait une fois
pour toutes, puisque vous ignorez qu'un
honnête homme doit payer ses dettes autrement qu'avec des injures et des menaces.

— Si tu ne te tais pas, s'écria Salviac, je te...

Puis se ravisant tout à coup, il reprit d'une voix sombre en se promenant dans le salon :

— Après tout, il a raison, je suis son débiteur, et il a le droit de se plaindre, de se fâcher, de m'humilier... Il ne m'est pas permis de le chasser avant de l'avoir payé... Mais comment faire ?

Il s'arrêta machinalement devant la console, sur laquelle était l'écrin dont nous avons parlé. Son regard, qui était d'abord distrait et vague, finit par s'attacher sur les grandes effigies d'or et d'argent, sur les pierreries qui reluisaient dans le velours de la boîte. Tout à coup il parut frappé d'une idée ; il prit le médailler :

— Monsieur Bambriquet, dit-il d'une voix

un peu altérée, je m'étais réservé la propriété
de ces nobles récompenses qui m'ont été dé-
cernées par des peuples et des gouvernements... Ce sont des trésors que je compte
léguer à mon fils... Je les dépose entre vos
mains. Si dans trois jours je ne vous ai pas
rendu la somme que vous réclamez pour le
loyer de cet appartement, ils vous appartien-
dront sans réserve... Prenez, monsieur, et
veillez bien à ce qu'aucune parole insultante
n'ose désormais sortir de vos lèvres, car...

Cécile regarda son mari avec admiration.

— Edouard, mon Edouard! s'écria-t-elle
en s'élançant à son cou et en fondant en larmes, que tu es noble et que tu es grand!

Bambriquet lui-même hésita à accepter
l'offre qu'on lui faisait. Il y avait dans le maintien, dans la voix de l'artiste tant de dignité

et de mélancolie que l'ancien chiffonnier, bien qu'il ne fût pas accessible d'ordinaire aux sentiments d'un ordre un peu relevé, ne put se défendre de quelque émotion. Bambriquet, en effet, n'était ni avide ni avare ; il était riche et il n'avait pas de besoins : que lui importaient donc les mille francs de Salviac ? il n'eût su qu'en faire. Mais le mobile de sa rigueur envers l'artiste était cette vile et basse jalousie qui fait qu'un individu obscur et de nulle valeur ne manquera jamais l'occasion d'humilier une personne qui lui est supérieure sous d'autres rapports. Lui, chiffonnier, voulait que cet homme d'intelligence, ce célèbre artiste, ce favori des grands seigneurs, des princes et des rois, s'abaissât devant lui. Il voulait pouvoir conter à sa servante Jeanneton et à deux ou trois vieux

I   5

portiers retirés, qui étaient sa société ordinaire, comment il avait malmené cet illustre
dandy qui les éclaboussait tous.

Ce fut encore cette ignoble pensée qui le
décida à accepter ce douloureux sacrifice de
l'artiste. Il avança la main, sans remarquer
que celle de Salviac était toute tremblante,
et il s'empara de l'écrin.

— Ce n'est pas de refus, dit-il en souriant ;
comme ça vous penserez à vous procurer
de l'argent, et lorsque vous en aurez, vous
me l'apporterez au lieu d'aller le dépenser
à droite et à gauche... car il vous fond dans
les doigts. Le fait est, continua-t-il en examinant les médailles d'un air de connaisseur,
que si c'est là de bon or et si les pierreries
ne sont pas fausses, il y en a pour plus de
mille francs ; je vous promets de vous ren-

dre le reste avec exactitude. Ah ça ! voisin,
sans rancune !

Édouard lui tourna le dos d'un air de dégoût et alla s'asseoir à l'extrémité de la salle.

— Comme vous voudrez, dit Bambriquet
sèchement ; eh bien, je me retire et je vais
continuer ma tournée, mais nous nous reverrons. Les vingt mille francs seront exigibles
dans quelques mois, et alors... mais *alors
comme alors* ; je n'ai plus le droit de vous
importuner, vous êtes chez vous ; je suis bien
votre serviteur très-humble.

Et il sortit en faisant claquer la porte derrière lui.

Après son départ il y eut un moment de
silence pénible entre les deux époux. Salviac
était triste, embarrassé, et il n'osait regarder
sa femme, comme s'il eût craint qu'elle lui

reprochât l'humiliation qu'il venait de subir en sa présence. Sans doute Cécile le devina, car elle vint s'asseoir auprès de lui et elle s'empara de sa main en souriant. Le chagrin de l'artiste ne tint pas devant cette affectueuse caresse ; il embrassa vivement la jolie consolatrice, et il s'écria d'un ton de bonne humeur :

— Ah ! bah, ne pensons plus à cela... au diable le Bambriquet ! Nous sommes fous de nous affecter des grossièretés de ce vieux rustre !

Quoique madame de Salviac éprouvât une véritable satisfaction de voir les idées de son mari prendre un nouveau cours, elle n'oublia pas ce qu'il y avait de juste dans les reproches du propriétaire, et elle crut le moment favorable pour dire quelques mots des projets de réforme qu'elle avait conçus.

— Quelle scène désolante, mon ami ! reprit-elle en soupirant, et combien j'ai souffert pendant qu'on te bravait si grossièrement chez toi et en ma présence ! Pourquoi faut-il qu'un homme de cœur et de talent, tel que toi, ait pu se trouver un moment sous la dépendance d'un vieillard aux idées rétrécies, au langage ignoble, comme celui qui sort d'ici ?

— Que veux-tu, ma chère, répliqua son mari d'un air pensif ; dans notre société, si bizarrement organisée, il faut que chacun accepte sa condition telle qu'elle est ; pour nous autres qui sommes en haut de l'échelle, il y a la considération, les honneurs, la gloire ; pour ces gens-là, il y a l'argent... c'est un avantage qu'il leur faut laisser à ces pauvres diables de riches, bien qu'ils en abusent quelquefois.

— Oui, mon Edouard, mais cet avantage est immense, et ce qui vient de se passer m'a frappée d'épouvante pour l'avenir. Je ne t'accuse pas, je ne te reproche rien ; mais cette position si brillante, que tu as acquise par ton talent, nous a jetés dans un monde dangereux pour nous ; nous avons pris les goûts, les habitudes des gens riches que nous fréquentons, et nous oublions que nous ne pouvons les égaler en opulence, quoique nous les égalions en désirs. Regarde où déjà nous a conduits notre légèreté d'enfant : ce beau mobilier qui était notre seul avoir, ces objets d'art, cette élégance ne nous appartiennent déjà plus ; ils appartiennent à cet homme qui était là tout à l'heure, à ce chiffonnier enrichi; tu viens de lui sacrifier jusqu'à ces nobles récompenses que j'eusse voulu conserver à notre fils au prix de tout mon sang.

— Allons! voilà bien les femmes avec leurs exagérations continuelles! s'écria l'artiste avec impatience; eh bien! madame, si je suis le débiteur de ce vieux manant. je le payerai. que diable! Demain je me procurerai les mille francs qu'il exige, et je retirerai mes médailles de ses mains; j'y tiens, je pense, autant que personne... Mais laissons cela. ma Cécile, continua-t-il d'un ton plus doux; tous les Bambriquet de la terre ne parviendront pas à me ravaler aussi bas qu'eux-mêmes, et surtout ne m'empêcheront pas de t'aimer!

— Oh! je le sais bien, dit la jeune femme avec un accent de cajolerie charmante en laissant tomber sa tête blonde sur l'épaule de son mari; mais au moins, Édouard, promets-moi que tu seras désormais plus économe.

— Je te le promets, mon ange ; nous réformerons beaucoup de choses. Il faut déjà songer à l'avenir de notre enfant, de notre cher petit Jules... Je ne veux pas qu'il croupisse plus tard dans les derniers rangs de la société ; le nom que je lui léguerai ne serait que plus difficile à porter.

— Oh! que tu es gentil! Eh bien, mon ami, laissons ce sujet qui t'attriste et peut-être te décourage ; parlons d'autre chose. As-tu vu l'ambassadeur?

— Je l'ai vu et il m'a reçu de la manière la plus flatteuse. Mais...

— Eh bien! t'a-t-il accordé la demande du monument de Dresde?

— Il m'a répondu d'une manière évasive.
Au diable les diplomates ! Il ne m'a pas refusé
positivement, mais il m'a dit qu'il en écri-
rait à son souverain : ce procédé ressemble
fort à l'eau bénite de cour.

— Mon Dieu, Edouard, quelqu'un t'au-
rait-il desservi auprès de Son Excellence.

— Je ne le crois pas ; mais il est certain
que l'ambassadeur a déjà reçu des deman-
des de plusieurs de mes confrères. Heureusement j'espère avoir d'ici à quelques jours
un puissant protecteur auprès de Son Excellence, et alors je serai sûr de l'emporter sur
tous les autres.

— Un protecteur... et qui donc, mon ami ?

— Le prince de Z.. ; sa famille est une
des familles historiques de France, et il est
véritablement le roi du faubourg Saint-Ger-

main : or tu sais que les cours d'Allemagne
ont toujours plus de sympathies pour nos
grands noms aristocratiques que pour les
hommes du jour, quel que soit leur mérite
du reste ; le prince est donc l'ami personnel
de l'ambassadeur, et, s'il veut bien s'intéres-
ser à moi, j'aurai l'honneur d'attacher mon
nom au grand monument projeté.

— Oui, mon Edouard, mais tu ne connais pas le prince?

— Le bon vieux comte de Montreville
doit me présenter à lui dès qu'il sera de retour, car le prince voyage une partie de
l'année. On annonce son arrivée prochaine,
et M. de Montreville ne doute pas qu'il ne
s'emploie activement pour moi auprès de
l'ambassadeur.

— Dieu le veuille, Edouard ! reprit la

jeune femme avec une légère mélancolie : s'il nous a manqué déjà quelque chose, ce n'a jamais été l'espérance !

— C'est toujours cela, dit gaiement l'artiste en se levant ; mais il faut que je quitte ce costume de cérémonie et que j'aille voir ce que font ces drôles à l'atelier.... A propos, ma chère, le comte de Montreville ouvre ses salons dans un mois, et il inaugurera ses soirées par un bal magnifique ; il m'a fait promettre que nous nous y rendrions.

— Ah ! mon ami, encore de la dépense au moment où tu viens de me promettre...

— Songe donc, ma chère, que nous ne pouvons pas désobliger ce digne comte de Montreville ; il nous aime tant ! D'ailleurs, c'est lui qui doit me présenter au prince ; peut-être même le prince sera-t-il arrivé

pour ce jour-là, et ce sera une excellente occasion pour lier connaissance avec lui... Que
diable, il faut tenir son rang et subir les né-
cessités de sa position! quant à la dépense,
ne t'inquiète pas, j'y ai déjà pourvu. En re-
venant, j'ai passé par hasard dans la rue de
la Paix; j'ai profité de l'occasion pour entrer
chez la couturière, et je t'ai choisi deux ro-
bes magnifiques, dont tu seras contente :
l'une est en velours, et l'autre...

— Tu as fait cela, Edouard ? dit Cécile
avec chagrin, et c'est ainsi que tu exécutes
nos plans d'économie ?

— Et c'est ainsi que vous me remerciez,
madame! reprit Salviac un peu piqué ;
soyez donc gentil avec les femmes... elles
sont aussi ingrates que capricieuses, et ce
n'est pas peu dire.

—Edouard, mon bien-aimé ! dit la jeune femme en l'embrassant, ne m'accuse pas d'ingratitude ; tu sais que je n'ai pas mérité ce reproche, moi que tu as épousée sans fortune, lorsque tu pouvais avec ta réputation... Mais je laisse ce sujet qui te déplaît... et dis-moi, continua-t-elle étourdiment sans songer à l'inconséquence de ses paroles, de quelle couleur est-elle, cette robe de velours?

— Bleue, avec une cordelière mi-partie soie et or... Vois-tu, ma chère, je rêve là-dessus des volants de guipure dont je te ferai les dessins.

— Oui, répliqua la jeune femme ingénuement, et je mettrai des nœuds de velours pareils dans mes cheveux.

— Il le faudra bien si je ne puis te donner

une aigrette en diamants, qui serait d'un effet charmant avec cette mise.

— Des diamants ! oh ! mon Edouard, que tu es bon ! Je serai si contente d'être belle pour toi !

Les jeunes époux avaient oublié entièrement et le propriétaire, et son insolence, et ses menaces. Tout à coup un violent coup de sonnette se fit entendre : au même instant un pas lent et lourd retentit dans l'antichambre, et un homme entra dans le salon sans se faire annoncer. C'était encore Bambriquet.

Cécile et son mari restèrent muets de surprise. L'ancien chiffonnier déposa sur la table le médailler, qu'il avait rapporté, et il dit presque avec politesse :

—Excusez, mes chers voisins, je ne vous dérangerai pas longtemps... Monsieur de Sal-

viac, voici les bijoux que vous m'aviez confiés ;
vous pouvez voir, continua-t-il en ouvrant l'é-
crin, qu'ils y sont tous et qu'ils sont intacts :
je vous les rends ; de plus, voici les quittances des deux termes échus de votre loyer ; je
déclare que vous ne me devez rien pour cet
objet, tout en réservant mes droits pour les
autres sommes dont vous m'êtes redevable.

Salviac et Cécile l'écoutaient avec autant
d'étonnement que s'ils eussent entendu parler tout à coup un muet de naissance.

— Que signifie ceci, monsieur Bambriquet ? demanda Édouard sèchement, et comment se fait-il que vous ayez si complétement
changé en quelques instants ?

— Monsieur, dit Bambriquet avec son emphase accoutumée, je suis un homme d'honneur, un homme comme il faut, et je sais

reconnaître mes torts quand j'en ai. Peut-
être tout à l'heure ai-je été un peu vif, et....

— Vous êtes incapable d'un pareil sentiment! interrompit impétueusement Salviac,
ou si vous l'avez éprouvé réellement, je n'ac-
cepterai aucune grâce en dédommagement
de votre impolitesse. Reprenez cet écrin,
monsieur, reprenez ces quittances ; je ne
veux rien de vous.

—Eh bien ! comme je ne veux rien de vous
non plus, ni de personne, je ne les repren-
drai pas... Puisqu'il faut vous le dire, je suis
payé.

— Payé! répéta l'artiste en rougissant; qui
a osé...

— Voilà précisément ce que je ne puis
vous dire ; j'ai promis à la personne en question de ne pas la nommer, et je ne sais si

je me trompe, mais je crois qu'elle n'aime pas à être contrariée.

— Dans ce cas, monsieur, n'en parlons plus... reprenez tout ceci. Je suis encore votre débiteur.

— Diable d'homme, va! dit Bambriquet à demi vaincu; c'est qu'il est si têtu! Ma foi, vogue la galère! je vais vous conter l'affaire. Il était convenu que j'agirais comme si la chose venait de moi..... Je m'y suis pris, je pense, assez adroitement, mais vous n'avez pas voulu me croire. Sachez donc que celui qui a payé, c'est...

— Mais qui donc enfin?

— M. Moreau, le locataire du petit appartement qui est au-dessus du vôtre.

— M. Moreau! dit Cécile avec vivacité; comment! cet homme extraordinaire que

I   6

l'on ne voit pas, qui ne sort que la nuit?

— Lui-même.

— Mais je ne le connais pas, s'écria Salviac, je ne l'ai jamais vu, et je ne comprends
pas quel intérêt il peut prendre à mes affaires.

— Je n'en sais pas plus que vous à cet
égard, dit le propriétaire en cherchant une
prise de tabac dans la poche de son gilet (car
Bambriquet, à l'instar de Napoléon, n'avait
pas de tabatière); mais si vous voulez me
permettre de m'asseoir, je vais vous narrer
la chose telle qu'elle s'est passée.

Et sans attendre la permission qu'il demandait, il se campa gravement dans un fauteuil.

CHAPITRE IV.

IV

Les yeux des deux jeunes gens pétillaient d'impatience. Bambriquet, après avoir aspiré lentement sa prise de tabac, reprit avec son emphase ordinaire :

— C'est donc pour vous dire qu'en vous

quittant je suis monté chez ce M. Moreau pour lui présenter sa quittance. Sa femme de ménage était absente, et il m'a laissé carillonner longtemps à sa porte. Comme je sais qu'il ne sort jamais pendant le jour, je n'ai pas perdu courage, si bien qu'il a fini par venir m'ouvrir lui-même; mais si vous aviez pu voir le regard qu'il m'a jeté en me reconnaissant! parole d'honneur, j'en étais tout interloqué. Cet homme-là a vraiment l'air d'un roi, quoique ce ne soit peut-être pas grand'chose, après tout... mais personne n'en sait rien. Toujours est-il qu'il m'a demandé du haut de sa grandeur, avec une voix que je ne saurais imiter :

— Que voulez-vous? pourquoi venez-vous me déranger?

« Je vous avouerai franchement que je ne

savais trop où j'en étais ; cependant je
lui ai dit quelques mots au sujet du loyer, et
aussitôt il s'est radouci.

— C'est juste, a-t-il répondu en souriant,
c'est moi qui ai tort. J'avais oublié que c'est
aujourd'hui jour de... comment appelez-vous
cela? jour de terme, je crois... Eh bien,
monsieur, je suis à vous.

« En même temps, sans m'inviter à entrer, sans m'offrir un siége, il m'a laissé seul
dans l'antichambre. Moi qui suis habitué à
la politesse, je trouvais cela drôle ; mais c'est
un original à qui il faut tout passer. Il est revenu au bout d'un moment.

— Monsieur le propriétaire, m'a-t-il dit
cette fois d'un ton assez aimable, vous savez
sans doute que je vais faire un voyage de cinq
ou six mois; j'ai l'habitude de payer ces six

mois d'avance; m'avez-vous apporté les quittances?

« J'avais prévu le cas, et j'ai tiré de ma
poche les quittances en question; aussitôt il
m'a compté...

— Mais, monsieur, interrompit Salviac
brusquement, tout cela ne me regarde pas;
vous ne me parlez que de vos affaires à vous.

— Un peu de patience, monsieur, nous
voici à ce qui vous regarde.

« Vous devez penser que depuis longtemps
j'ai l'idée de savoir un peu ce que c'est que
ce M. Moreau si cachotier, et de lui tirer,
comme on dit, les vers du nez (je demande
pardon à madame de l'expression); on est
bien aise de connaître les gens que l'on a chez
soi; enfin, lorsque j'ai eu compté l'argent,
j'ai voulu entamer un brin de conversation.

Je lui ai demandé des nouvelles de sa santé, si le quartier lui plaisait, si la maison était tranquille ; à tout cela il répondait par *oui* et par *non*, et il tenait toujours la porte, comme s'il eût été impatient de me voir partir ; mais je n'avais pas l'air d'y faire attention. Enfin, ne sachant plus comment continuer la conversation, je lui ai montré la boîte que j'avais encore à la main.

—Pardieu ! monsieur, lui ai-je dit, on est heureux d'avoir des personnes comme vous pour locataires ; on n'est pas forcé de devenir prêteur sur gages, contre sa volonté...

— Vous avez dit cela, monsieur Bambriquet ? interrompit encore Édouard les dents serrées, le visage enflammé d'indignation.

— Je l'ai dit ; qu'est-ce que cela faisait ? Il ne vous connaissait pas ; je ne vous avais pas nommé... D'abord il m'écoutait à peine, cependant quand j'ai ouvert la boîte, il a regardé avec attention et...

— Il a vu mes médailles ! il a vu mon nom ! s'écria Salviac hors de lui ; misérable ! t'avais-je confié ce précieux dépôt pour en faire un trophée ?

— Pardieu ! le beau malheur, quand j'aurais montré à un bon bourgeois ce que vous étalez dans votre salon aux yeux de tous les visiteurs ! Je ne vois pas que l'affaire ait tourné si mal pour vous, que vous criiez si haut... Mais si vous m'interrompez encore, je n'en finirai jamais. Donc M. Moreau a examiné ce grand médaillon d'or qui vous vient de je ne sais plus quel empereur de Russie, et tout à coup il s'est écrié avec étonnement :

— Édouard de Salviac ! Est-ce vraiment

le célèbre sculpteur qui a été forcé de remet-
tre entre vos mains un gage de cette importance?

— Certainement, ai-je répondu; c'est
Édouard de Salviac, mon ami, qui demeure
à l'étage au-dessous de vous.

« Mon original n'a rien répondu d'abord ;
il avait l'air de penser : une espèce de sourire se montrait sur ses lèvres :

— Ainsi donc, a-t-il dit comme s'il se parlait tout seul, ils en sont là aussi les grands
artistes? Pauvre époque! pauvre gloire!
pauvre génie!

« Je ne savais trop ce qu'il marmottait et
j'allais me retirer, lorsqu'il m'a dit brusquement : — Attendez-moi ici.

« Et il est rentré chez lui.

« Un moment après il est revenu et il m'a remis un billet de mille francs.

— Tenez, a-t-il dit, rendez à M. de Salviac les précieux objets dont il n'aurait pas dû se dessaisir; remettez-lui ses quittances de loyer, arrangez-vous comme vous voudrez, mais qu'il ne sache jamais de qui vient cet argent.

— Mais, monsieur, ai-je répliqué, comment voulez-vous qu'il vous rende, si...

— Eh bien, qu'il ne me rende pas.

— Il faudra du moins qu'il vous remercie pour...

— Eh ! qu'ai-je besoin de remercîments ! Prenez pour vous l'honneur de cette affaire, monsieur Bambriquet, et surtout ayez soin qu'on ne m'en reparle jamais.

« Alors il s'est excusé sur des affaires qui le

réclamaient, et il m'a presque fermé la porte au nez. Il a bien fallu descendre, et vous savez comment j'ai cherché à remplir ses intentions ; mais avec un homme comme vous, monsieur de Salviac, on va toujours plus loin qu'on ne veut. »

Ce récit avait jeté Édouard de Salviac dans une profonde méditation.

— Ceci est inconcevable ! dit-il enfin ; à une autre époque, dans un temps où l'art ne répudiait pas la protection des hommes puissants, j'aurais pu croire qu'un grand personnage serait mon protecteur à mon insu. Mais au temps où nous vivons....

— Que sais-tu, Édouard ? murmura sa jeune femme en souriant, il y a tant de gens enthousiastes de ton talent !

— Et qui ne me prêteraient pas cinq

francs sur ma signature, dit Salviac en haussant les épaules. Quoi qu'il en soit, monsieur, continua-t-il en s'adressant à Bambriquet, M. Moreau paraît être un galant homme, et je ne refuserai pas d'être son obligé pendant quelques heures... Je vais prendre des mesures pour que la somme qu'il vous a remise lui soit remboursée dès demain. Quant à vous, recevez mes remercîments, si vous croyez en mériter, pour votre conduite en cette affaire; mais désormais elle sera réglée entre M. Moreau et moi sans que vous ayez à en prendre aucun souci.

— A votre aise! reprit le propriétaire en se levant; seulement réfléchissez que M. Moreau m'a recommandé le secret... mais je suis comme *Pilate*, moi, je m'en lave les mains; ça ne me regarde pas.

— Puisque nous sommes du même avis, dit l'artiste en se levant aussi, excusez-moi de ne pas vous retenir, monsieur Bambriquet, il faut que je m'occupe sur-le-champ...

— Occupez-vous comme vous l'entendrez, dit l'ancien industriel, choqué de ce brusque congé, peut-être d'ici à peu de temps vous donnerai-je aussi de l'occupation.

Il fit un signe de tête à madame de Salviac, enfonça son chapeau sur les yeux et sortit fièrement en marmottant quelque chose qui pouvait être une menace. Sans l'écouter, Édouard s'assit devant un petit bureau en palissandre qui ornait un coin du salon, et écrivit rapidement quelques lignes, puis il plia le papier, le mit dans sa poche et se prépara à sortir à son tour.

—Où vas-tu donc, Édouard? demanda
Cécile étourdiment.

— Chez notre voisin ; il faut que je le voie,
que je lui parle.

— Mais...

— Laisse-moi... je veux savoir le mot de
cette énigme.

Il franchit l'escalier tout d'une haleine ;
parvenu à l'étage supérieur, il agita discrè-
tement le cordon de sonnette qui décorait
une porte sans doubles battants.

Presque aussitôt un pas grave et majes-
tueux se fit entendre dans l'intérieur de l'appartement ; puis, la porte s'ouvrant tout à
coup, Salviac se trouva face à face avec son
protecteur inconnu.

CHAPITRE V.

V

Pour la première fois Salviac pouvait exa-
miner de près et sans obstacle ce personnage
étrange dont il n'avait fait qu'entrevoir par
hasard la sévère silhouette en rentrant le soir.
Le visage de M. Moreau, débarrassé du cha-

peau à larges bords qui le couvrait à la promenade, indiquait un homme de trente-
cinq ans au plus, quoique son air grave, son
front déjà un peu chauve et quelques rides
imperceptibles qui se montraient à l'angle
de ses grands yeux noirs, pussent faire soupçonner un âge plus avancé. Sa taille était
élevée, bien prise, et une robe de chambre
en cachemire dont il était enveloppé semblait la rehausser encore. Malgré l'apparence
modeste de sa position, il y avait dans ses
traits une expression majestueuse, solennelle,
qui faisait toujours impression sur le très-pe-
tit nombre de personnes qui l'approchaient;
on se trouvait en sa présence comme saisi de
respect, sans qu'on pût deviner à quoi cet
être extraordinaire devait un pareil prestige.
Salviac lui-même, malgré sa grande habi-

tude du monde, ne put se soustraire à cette influence commune. Après avoir jeté un regard rapide sur l'inconnu, il baissa instinctivement les yeux, et pour la première fois de sa vie peut-être, il se sentit tout à fait déconcerté.

De son côté, l'étranger avait envisagé froidement le visiteur, et sans doute il n'avait pas eu de peine à deviner qui il était. Le costume de cérémonie que portait encore l'artiste, les nombreuses décorations qui ornaient sa poitrine, avaient dû lui faire reconnaître son illustre voisin. Cependant il ne répondit pas d'abord et il continua de tenir son regard perçant et inquisiteur attaché sur Salviac. Ce silence rendit au sculpteur un peu de sa présence d'esprit.

— Monsieur, balbutia-t-il, c'est vous, je pense, qui tout à l'heure...

— Ce grossier bourgeois m'a manqué de parole, interrompit M. Moreau d'un ton de colère. Puis se reprenant tout à coup, il dit à Salviac, avec moins d'amertume :

— Au fait, c'est moi qui suis le coupable ; je devais m'attendre à ce qui arrive en voulant trancher du Mécène.... Entrez donc, monsieur de Salviac, puisque moi-même je vous ai donné le droit de violer ma retraite absolue.

En même temps il se rangea de côté pour permettre à l'artiste de pénétrer dans son appartement. Salviac, peu satisfait de ces paroles d'introduction, hésitait encore ; mais un geste presque impérieux, quoique poli, le décida à suivre M. Moreau dans une pièce voisine, sans qu'il pût s'expliquer comment ce particulier obscur pouvait lui imposer, à lui, qui avait eu des entretiens avec des rois et des empereurs.

La pièce où il venait d'entrer était une sorte de petit salon ou de cabinet de travail dont les fenêtres donnaient sur la cour. L'ameublement était des plus simples ; un bureau d'acajou, un fauteuil à la Voltaire, un lit de repos recouvert en damas, en étaient les pièces principales ; une petite bibliothèque contenait quelques volumes proprement reliés. Du reste, aucune trace de ce goût pour l'embellissement et pour le bien-être qui révèle une sorte d'affection du locataire pour son appartement ; on eût dit d'un voyageur qui s'inquiète peu que la chambre d'auberge qu'il va occuper une seule nuit

soit plus ou moins commode, plus ou moins
ornée. Les murailles étaient nues ; chaque
chose ne semblait déposée que temporaire-
ment à la place où elle se trouvait ; seulement, au-dessus du bureau, précisément en
face du fauteuil où s'asseyait habituellement
l'habitant de ce réduit, était un tableau re-
présentant un Christ sur la croix et que Salviac jugea tout d'abord être une œuvre de
maître. Sur le bureau un livre ouvert trahis-
sait l'occupation de M. Moreau au moment
où l'on venait inopinément de le déranger.
La place qu'il désigna au visiteur par un
geste silencieux était si rapprochée du bureau, que l'artiste porta involontairement les
yeux sur ce livre, objet des méditations de
son hôte : c'était Montesquieu.

Cet intérieur qui prêtait tant aux suppo—

sitions, les manières graves de M. Moreau
contribuaient autant que le motif humiliant
de sa visite à mettre le sculpteur fort mal à
l'aise. Moreau s'était assis en face de lui et le
parcourait encore de son regard froid et inquisiteur.

— Monsieur, dit enfin Salviac avec effort,
vous ne pouvez ignorer... vous savez sans
doute...

— Le motif de votre visite? je puis au
moins le soupçonner.

— Vous ne devez donc pas être étonné
si...

Le mystérieux voisin parut enfin avoir pitié de son embarras; un merveilleux changement s'opéra dans toute sa personne. Cette roi-
deur compassée, cette austérité glaciale qui
semblaient être le caractère de sa physiono-

mie s'effacèrent pour faire place à une expression de bienveillance et de politesse.

— Allons, monsieur, dit-il d'un air en-
joué, je suis pris en flagrant délit d'inconvenance, et vous venez me demander compte
de ma faute... Eh! que pouvait-on attendre
d'un solitaire farouche, d'un sauvage tel que
moi? Enfin, je l'avoue, en apprenant, par
l'indiscrétion d'un malhonnête homme, que
le grand sculpteur Édouard de Salviac,
une de nos gloires nationales, se trouvait dans un pressant besoin d'argent, j'ai
eu l'amour-propre, moi, petit bourgeois,
petit rentier obscur, de lui venir en aide à son
insu; c'était bien de la présomption, j'en
conviens; aussi, pour l'effacer, je suis prêt à
subir toutes les conditions qu'il plaira à
M. de Salviac de m'imposer.

Cette manière adroite et délicate d'intervertir les rôles de sorte que l'obligé semblait être le protecteur, ne fut pas perdue pour Édouard. Il retrouva toute son assurance, et plein d'enthousiasme pour le procédé généreux de l'étranger, il lui dit avec chaleur :

— Les conditions que je vous imposerais, d'abord, monsieur, seraient de recevoir mes remercîments et de me regarder désormais comme votre ami.

—La la! répliqua le singulier personnage avec une légère ironie, vous avez bien toute l'imprudence et toute la hardiesse de vos pareils... vous m'offrez votre amitié et vous n'avez, j'imagine, sur ma personne que des données vagues et passablement suspectes.

—Monsieur! s'écria Salviac avec chaleur, il y a dans la noblesse de vos procédés, dans la générosité de vos actions quelque chose qui ne peut tromper. Sans vous connaître, je vous offre mon amitié, parce que je suis sûr que la vôtre est précieuse.

Ce compliment ne parut pas déplaire à l'étranger, qui s'inclina, mais sans rien dire. Édouard continua avec moins d'assurance :

— Je ne rougirai pas, monsieur, de la position humiliante, je dirai plus, ridicule, où je me trouve vis-à-vis de vous... Ou je me trompe fort, ou un homme tel que vous a trop réfléchi sur les exigences de certaines positions sociales, pour ne pas s'expliquer facilement.....

—Et pourquoi en rougiriez-vous ? interrompit M. Moreau en s'animant ; vous avez raison, monsieur de Salviac, de penser que je ne suis pas arrivé bien près de l'âge mûr sans avoir reconnu une des plus vives, des plus douloureuses blessures de notre société telle qu'on nous l'a faite. Croyez-vous donc, vous autres artistes, avoir seuls à souffrir de ces positions bâtardes qui ne sont ni l'opulence ni la médiocrité, qui ont les besoins dévorants de l'une et les misérables ressources de l'autre ? croyez-vous être les seuls qui deviez cacher sous de brillants dehors une misère réelle, depuis que rien n'est plus à sa place, depuis que les rangs, les castes, les conditions se sont confondus ? Regardez autour de vous : fonctionnaires, magistrats, publicistes, hommes d'intelligence et d'ambition, voyez-les tous maudissant d'honorables positions qui leur imposent des goûts, des habitudes, des dépenses incompatibles avec leurs ressources! Voilà ce qu'a fait le progrès. La société entière est partagée en deux classes : l'une qui a la richesse, l'autre qui est obligée d'en affecter les dehors. Ne vous plaignez donc pas, monsieur, de vous trouver dans une immense catégorie qui renferme tout ce qu'il y a encore de grand, de généreux, dans la nation, et, quelque triste que soit la part qui vous est faite, songez qu'il est une condition plus triste et plus navrante encore.

— Et laquelle, monsieur ? demanda Édouard, que les observations du solitaire avaient rendu pensif.

— C'est celle de la vieille et illustre noblesse de France, qu'ils ont condamnée à périr, répliqua Moreau d'une voix sourde et vibrante ; ce que la guillotine révolutionnaire n'a pu faire, la division des fortunes le fera.

Dans moins d'un siècle peut-être, l'œuvre sera accomplie, et ce sera alors un malheur de naître noble, comme aujourd'hui dans l'Inde de naître paria ! La noblesse devra accepter l'industrialisme ou la pauvreté ; dans les deux cas, elle n'existera plus. Oui, monsieur, il est une position encore plus déplorable que la vôtre au temps où nous vivons, c'est celle d'un homme qui, ayant hérité un nom illustre d'une longue suite d'aïeux, se voit dans l'impuissance de soutenir le rang de ses pères ; ce nom devient pour lui un fardeau qui excède ses forces ; heureux s'il peut le porter sans chute jusqu'à la fin !

En parlant ainsi, il s'était levé et se promenait avec agitation dans son cabinet, comme s'il lui eût été impossible de discuter froidement de pareilles matières.

— Monsieur, dit Salviac avec cordialité après un moment de silence, il ne m'appartient pas de chercher à pénétrer vos secrets, car je n'ai aucun titre à votre confiance ; cependant, il me semble que des chagrins personnels ont pu seuls vous donner cette aigreur contre la société, et si cela était, je vous plaindrais de n'avoir aucun ami pour les adoucir.

Moreau se rassit brusquement, et il répondit en essayant de sourire :

—Vous prenez trop au sérieux les rêveries d'un solitaire lorsque vous ne me supposez pas détaché personnellement de ces intérêts dont nous parlons ; je ne suis qu'un pauvre rêveur, employant ses loisirs à réformer le monde dans son imagination. Un petit bourgeois à moitié fou tel que moi n'a-t-il pas aussi le droit de se croire le champion d'un principe ou d'une idée aristocratique ? C'est là encore une de ces conquêtes de la philosophie : tout appartient à tous... Mais ces matières sont bien sérieuses, continua-t-il en souriant, et vous ne vous attendiez pas à trouver dans votre voisin un discoureur tel que moi. Vous voyez que j'ai raison de me cacher et de refuser les visites : la folie est peut-être contagieuse.

— C'est le bon sens qui est la folie aux yeux des fous, répliqua Salviac.

Quoi qu'il en soit, monsieur, et pour en revenir au motif de ma visite, vos procédés m'ont pénétré de reconnaissance; mais vous sentez que je ne puis accepter qu'à titre de prêt la somme que vous avez avancée pour moi au propriétaire de cette maison. Je vous

I. 8

prie donc de recevoir ce papier en attendant
que je sois en mesure d'acquitter la dette
d'honneur que j'ai contractée envers vous.

En même temps il présenta à M. Moreau
le reçu qu'il avait préparé. M. Moreau le
prit machinalement, comme s'il n'eût pas
compris ce qu'on lui disait ; mais, après avoir
jeté un coup d'œil sur le papier, il le déchira
vivement.

—Me croyez-vous pétri de la même ar-
gile que l'avare usurier à qui appartient cette
maison ? dit-il avec dignité ; je ne puis vous
obliger à recevoir mes dons, puisque aujour-
d'hui le talent est devenu plus fier sans devenir
plus riche ; mais j'ai du moins le droit d'ê-
tre satisfait de la simple parole d'un homme
d'honneur.

— Excusez-moi si je vous ai offensé, reprit Edouard en saisissant la main de son interlocuteur, qui fit un mouvement comme s'il eût été surpris de cette familiarité ; je ne pouvais deviner tout ce qu'il y avait de noblesse et de générosité dans ce voisin farouche que je n'avais fait qu'entrevoir ; mais, maintenant que je le connais, ne me sera-t-il pas permis de venir m'informer quelquefois?...

— A quoi bon? dit M. Moreau d'un air mélancolique : ma société ne peut avoir de charmes pour personne.

—Daignez au moins nous accorder parfois quelques instants ; si misanthrope que vous soyez, votre solitude doit souvent vous être à charge ; consentez à descendre de temps en temps chez moi..... vous semblez en proie à quelque chagrin secret ; madame de

Salviac et moi, nous nous efforcerons de vous distraire.

M. Moreau hésita un moment.

— Non, dit-il enfin en soupirant, il faut que je subisse ma destinée, qui est de vivre seul, toujours seul. Ne cherchez pas à m'attirer chez vous, je ne serais qu'un trouble-fête, et d'ailleurs, c'est impossible.

L'artiste était un peu piqué de ce refus que rien ne motivait.

— Je pense cependant, monsieur, reprit-il, que nous devons nous revoir?

—Peut-être... mais autre part, dans d'autres circonstances; et si cela arrivait, continua Moreau en baissant la voix, je vous serais obligé d'oublier entièrement cette première entrevue.

Salviac resta d'abord interdit par la bi-

zarrerie de cette recommandation ; mais l'a-
mour-propre froissé lui rendit toute sa présence d'esprit.

— Nous ne nous comprenons pas, reprit-il
avec la plus exquise politesse ; je veux dire
que j'aurai l'honneur de vous voir, lorsque
je viendrai vous apporter la somme que vous
avez avancée pour moi.

En même temps il s'inclina profondément et sortit, ne sachant s'il devait plus
s'irriter des excentricités de l'étranger que
se louer de ses procédés.

Quelques moments après que l'artiste fut
rentré chez lui, et pendant qu'il était occupé à raconter à madame de Salviac les dé-
tails de son entrevue avec son étrange voisin,
Narcisse lui remit un billet tout humide en-

core que l'on venait d'apporter. Il était
ainsi conçu :

« Versez, je vous prie, la somme dont il
s'agit au bureau de bienfaisance de l'arrondissement et oubliez-moi.

« MOREAU. »

— Quel homme inconcevable ! s'écria
Salviac. Est-ce orgueil, est-ce générosité ?
je l'ignore ; peut-être veut-il me faire comprendre que, si je suis trop fier pour accepter ses dons, il est trop fier pour les reprendre ; mais il n'importe ! j'accomplirai son
vœu dès demain.

— Mon ami, dit Cécile en étudiant la lettre avec cet instinct minutieux de femme à
qui rien n'échappe, ou je me trompe fort,
ou celui qui a écrit ce billet est autre chose

qu'un petit rentier... Regarde, ce cachet ne
te dit-il rien ?

Salviac examina le cachet : c'étaient des
armoiries de fantaisie; seulement on lisait
pour devise en caractères parfaitement dis-
tincts : *noblesse oblige.*

— Ce n'est qu'une banalité, dit l'artiste
avec indifférence.

— Tu crois? répliqua Cécile en faisant
une petite moue fine et spirituelle; au fait,
c'est possible... Attendons.

CHAPITRE VI.

VI

Quelques jours s'étaient écoulés et Édouard de Salviac n'avait eu aucun rapport nouveau avec l'habitant singulier du second étage. Il semblait même que M. Moreau, depuis l'entrevue dont nous avons parlé, fût devenu plus farouche, plus inabordable que jamais : on le voyait à peine passer et repasser chaque soir, lorsqu'il sortait pour sa promenade ordinaire. De son côté, l'artiste, par amour-propre, ne fit aucune tentative pour se rapprocher d'un homme qui semblait avoir en horreur toute société. Dès le surlendemain, il lui avait envoyé par Narcisse un reçu de mille francs signé du directeur d'un bureau de bienfaisance, mais sans ajouter un seul mot de sa main, et, de son côté, Moreau n'avait fait aucune réponse, ni verbale ni écrite. Tout semblait donc fini entre ces deux hommes, et Salviac, distrait par les diverses préoccupations qui employaient tous ses instants, était déjà bien près d'oublier le personnage énigmatique dont il avait accepté un service presque malgré lui.

Pendant ce temps un grand événement avait lieu chez Bambriquet; l'ancien chiffonnier s'était enfin décidé à retirer sa fille du couvent, où, disait-on, les maîtres de toute espèce n'avaient plus rien à lui apprendre. L'arrivée subite d'une femme dans cette maison que mademoiselle Lapiquette avait gouvernée jusque-là presque sans contrôle, avait bien soulevé sans doute quelque orage intérieur, mais le bruit n'en avait pas dépassé la loge du portier; quant aux locataires, ils avaient eu à peine connaissance de ce changement, et l'existence de la nouvelle maîtresse du logis ne s'était révélée à eux que par quelques sons égarés de piano, quelques roulades folles poussées par une voix fraîche et pure, montant jusqu'à eux au milieu du silence de ce quartier isolé.

Le soir du second jour depuis l'arrivée de mademoiselle Élisa Bambriquet, par une nuit brumeuse et froide, on sonna d'une manière particulière à la porte de la rue. Madame Trichard, la portière, était à son poste ; sitôt que la porte fut ouverte, elle vit M. Moreau passer lentement sous le bec de gaz qui éclairait le porche de la maison. Un grand manteau qui, avec le chapeau à larges bords que nous connaissons, cachait entièrement le mystérieux locataire, lui donnait encore un air plus sombre et plus imposant que de coutume. .

— Tiens, il est déjà dix heures ! s'écria Madame Trichard, qui connaissait parfaitement les habitudes ponctuelles de M. Moreau ; voilà *celui* du second.

Un regard jeté sur le coucou dont l'intérieur de la loge était décoré fit faire un bond d'étonnement à la digne femme.

— Mais il n'est que neuf heures ! reprit-elle tout effarée. Ah çà ! il est donc malade ? Je ne m'y reconnais plus... Mais, Dieu me pardonne ! je crois qu'il ne rentre pas chez lui. Où donc va-t-il par là ?

Elle avança la tête hors du judas pratiqué dans la porte vitrée de la loge, et elle put s'assurer en effet que M. Moreau, au lieu de monter l'escalier pour gagner son appartement, traversait la cour et se dirigeait vers le corps de logis habité par Bambriquet.

— Hum ! voilà du nouveau ! grommela-t-elle ; rentrer à neuf heures et aller chez le propriétaire ! Pour sûr, il y a quelque chose..... Mademoiselle Lapiquette me le dira ce soir, si elle va voir son cousin quand le vieux sera couché. Un peu de patience!

Là-dessus madame Trichard ferma le judas et vint reprendre sa place auprès du cordon, avec une résignation tout à fait angéli-
que dans une portière.

Comme nous l'avons dit, le corps de logis
habité par Bambriquet était situé au fond
de la cour, et n'avait qu'un rez-de-chaussée.
A une extrémité s'ouvrait un second porche
qui conduisait au jardin et à l'atelier de Salviac. De gros barreaux de fer défendaient les
fenêtres. Cependant, malgré l'épais rideau
dont elles étaient munies intérieurement,
une teinte lumineuse qui brillait à celle du
milieu indiquait qu'il n'était pas encore
heure indue chez le vieux rentier.

M. Moréau monta les deux ou trois marches de pierre qui exhaussaient le sol du bâ-

timent au-dessus du niveau de la cour, et vint sonner au bouton de cuivre qui décorait la porte. Un moment après on entendit un bruit de ferraille et de verrous; puis la porte s'ouvrit, et mademoiselle Lapiquette, ou Jeanneton tout court, si mieux l'on aime, parut sur le seuil, un vieux bougeoir de fer-blanc à la main.

Mademoiselle Lapiquette était une grosse fille de trente ans environ, assez fraîche, haute en couleur, l'œil effronté ; sa toilette était surtout remarquable par de volumineux jupons, aussi bien que par un bonnet gigantesque, dont les dentelles tuyautées formaient autour de sa figure ronde un triple rang de rayons, entremêlés de rubans roses ; on eût dit d'une imitation libre du soleil.

A la vue d'un homme enveloppé d'un

I.   9

manteau et de mine assez suspecte, la gouvernante allait pousser un cri d'effroi et refermer la porte ; mais le locataire, relevant la tête tout à coup, montra à Jeanneton des traits qui lui étaient connus en même temps qu'il demandait d'un ton sec et bref :

— Monsieur Bambriquet est-il chez lui ? pourrais-je le voir, lui parler ?

Lapiquette resta un moment sans répondre ; mais ce n'était plus la terreur, c'était l'étonnement qui lui fermait la bouche. Le visiteur fronça le sourcil.

—Tiens, c'est M. Moreau, notre locataire ! dit-elle enfin d'un ton hardi et familier ; ma parole, je vous prenais pour un voleur ; j'étais si loin de m'attendre...

— Je vous dis que je désire voir votre maître, interrompit M. Moreau avec une hauteur qui imposa à la bavarde commère.

— Eh bien, entrez, monsieur, reprit-elle avec humeur; entrez, je ne vous en empêche pas. Monsieur est là... avec sa fille. Car nous avons une fille maintenant.

Le locataire traversa le corridor qui servait d'antichambre, une petite salle à manger assez malpropre, et se dirigea vers le salon, où l'on voyait de la lumière par la porte entr'ouverte. Jeanneton le suivait, son bougeoir à la main, en grommelant quelque chose qu'il n'écoutait pas. Au moment d'entrer, il ôta son manteau par un mouvement machinal et, se tournant vers Lapiquette, il lui dit d'un air distrait :

— Annoncez M.....

Puis s'interrompant brusquement, il jeta son manteau sur son bras et il entra sans façon, pendant que Lapiquette criait de sa voix la plus aigre :

— Monsieur, c'est le locataire du second qui veut vous parler ! Réveillez-vous, c'est ce monsieur, vous savez bien !

Un grognement sourd répondit à cette allocution, et Bambriquet, qui dormait au coin du feu, s'éveilla en disant : — Voilà ! qu'y a-t-il ? Ah ! c'est vous, monsieur Moreau ? Entrez, entrez, que diable ! on ne vous mangera pas.

C'est qu'en effet le personnage que nous connaissons sous le nom de Moreau s'était arrêté au milieu du salon, surpris sans doute à la vue de cet intérieur bourgeois, où il arrivait d'une manière si inopinée.

Le salon était petit, laid, mal meublé et digne en tous points du mauvais goût de son propriétaire : il était décoré d'un affreux papier gris clair à fleurs tricolores du plus détestable effet ; deux ou trois sales gravures que Bambriquet pouvait très-bien avoir découvertes dans la hotte de ses anciennes pratiques se prélassaient dans des cadres de bois noir au milieu des murailles ; une petite glace mesquine surmontait une cheminée prétendue de marbre où brillait un feu modeste de charbon de terre. De chaque côté du foyer on entrevoyait deux vieux fauteuils rapetassés de morceaux de toutes les couleurs ; dans l'un était négligemment étendu le maître du logis, vêtu d'une vieille redingote crasseuse et trouée aux coudes qui lui servait de robe de chambre ; l'autre était occupé un moment auparavant par la gouvernante, à en juger du moins par le gros bas de laine

déposé provisoirement sur la tablette de la
cheminée, et dont le peloton, dans un mouvement précipité, avait roulé jusqu'à l'extrémité de la pièce. Au centre du salon était un
guéridon couvert d'un vieux châle en guise
de tapis. Une petite lampe de cuivre garnie
de son chapiteau était déposée sur ce meuble,
et dans la sphère lumineuse qu'elle répandait autour d'elle une charmante jeune fille
était assise et dessinait.

Rien n'eût produit un contraste plus saisissant que la présence de cette jeune fille,
éclairée à la Rembrandt, au milieu de
cet intérieur sombre, triste et misérable;
la lumière tombant d'aplomb sur son visage,
légèrement incliné, glissait sur son front pur,
que décoraient deux beaux sourcils d'un noir
de jais, et faisait ressortir les lignes correc-

tes de sa physionomie. Son cou était blanc et onduleux; sa main, qui tenait un porte-mine d'argent, était blanche, aux doigts longs et effilés, aux ongles ovales et roses. Lorsqu'elle releva la tête, au bruit que fit le visiteur, son regard jaillit comme un trait de feu de dessous ses longs cils; l'expression, la pensée, l'intelligence, rayonnaient dans tous ses traits. Cette jeune fille, d'une beauté si fière, si aristocratique, était mademoiselle Elisa Bambriquet, la fille de l'ancien chiffonnier : la nature se plaît parfois dans d'étranges contrastes entre les parents et les enfants.

Du reste, si sa personne avait une grâce et une distinction extraordinaires, son costume était simple, quoique non exempt d'une innocente coquetterie. Ses cheveux soigneusement arrangés par elle-même formaient deux bandeaux noirs et lisses qui encadraient harmonieusement le haut de son visage. Une petite pèlerine blanche qui sentait le couvent retombait sur ses épaules, soigneusement couvertes d'une double gaze. Une robe de mérinos brun dessinait sa taille souple et élancée, et un petit tablier de foulard complétait cet ajustement peu dispendieux. On le voit, si le port et le visage rappelaient la fille de bonne maison, le costume était celui d'une petite bourgeoise qui comprend sa condition modeste et sait s'y résigner.

Mais ce que nous n'avons pas dit, c'est que déjà l'influence de cet appartement méphitique, de cette atmosphère d'égoïsme, d'avarice qu'on y respirait, du voisinage des êtres grossiers qui l'habitaient, semblait avoir atteint cette belle et gracieuse enfant. Déjà sa gaîté, sa vivacité de pensionnaire, avaient disparu. Elle était seulement depuis deux jours dans la maison paternelle, et déjà elle semblait presque étiolée. Ses traits témoignaient d'une souffrance secrète, ses mouvements décelaient la contrainte, et l'air qu'elle respirait paraissait l'oppresser, comme s'il n'eût pas été pour elle un élément de vie. On devinait que le caractère d'Élisa Bambriquet différait, autant que l'extérieur, des instincts, des goûts, des habitudes de ceux avec qui elle était condamnée à vivre désormais, et sans doute il s'accomplissait déjà en elle un de ces désenchantements affreux dont tant de pauvres femmes gardent le secret dans leur cœur déchiré.

Telles étaient peut-être les réflexions qui occupaient M. Moreau ; il avait à peine entendu les paroles grossières qu'avait prononcées Bambriquet en s'éveillant; toute son attention était pour cette belle personne si digne d'un autre père.

CHAPITRE VII.

VII

A la vue de l'étranger, Élisa s'était levée, et après avoir fait une révérence en rougissant, elle s'était mise à l'écart dans l'ombre, attendant qu'on lui fît connaître si elle devait rester ou se retirer. Le visiteur s'inclina poliment devant elle.

— Ne faites pas attention, s'écria Bambriquet, qui était enfin parvenu à s'éveiller tout à fait, c'est ma fille Lisa... une petite drôlesse qui m'a coûté plus d'argent qu'elle n'est grosse, soit dit sans reproche.

— Votre fille ! répéta Moreau en jetant sur la jeune demoiselle un regard empreint d'une profonde pitié.

Il se tourna brusquement vers le propriétaire.

— Monsieur Bambriquet, reprit-il d'un air distrait, j'étais venu vous parler d'une affaire importante dont j'ai eu connaissance aujourd'hui seulement par le notaire Durand, chargé de vos intérêts ; mais je crains que le moment ne soit mal choisi.

— Pourquoi cela ? interrompit le chiffonnier avec aigreur ; maintenant que me voilà

éveillé, vaut autant aujourd'hui que demain...
Quelle affaire avez-vous avec mon notaire?
Voyons, mon cher monsieur Moreau, as-
seyez-vous et contez-moi cela. Jeanneton,
donne une chaise à M. Moreau.

— Votre fille est debout, elle pourrait se
déranger aussi bien que moi, dit Jeanneton,
qui était occupée en ce moment à tisonner
le feu; je ne peux pas tout faire à la fois.

— Allons, allons, ne te fâche pas, dit
Bambriquet d'un ton d'indulgence; Lisa va
donner un siége. Pour toi, reprends ta place
auprès du feu, car tu finirais par t'enrhumer;
les soirées sont si froides! Allons, petite,
ajouta-t-il en se tournant vers sa fille, con-
tinue ton barbouillage, puisque ça t'amuse;
et cependant ce n'est pas la peine de gâter
du beau papier pour cela.

M. Moreau observait tout d'un air de stupéfaction profonde : ce qu'il voyait semblait
bouleverser ses idées sur les convenances sociales et les affections de famille. En recevant un siége des mains de la charmante
jeune fille tout émue de l'affront qu'elle venait de supporter, il fut sur le point de donner jour à son indignation ; mais quelque réflexion l'arrêta sans doute, car il ne dit rien
et s'assit en soupirant, pendant qu'Élisa repre-
nait sa place devant le guéridon et baissait la
tête sur son dessin avec abattement.

—Eh bien, qu'y a-t-il, mon cher locataire ? reprit Bambriquet ; vous n'êtes pas
homme à me déranger si tard pour une ba-
gatelle ; parlez sans gêne... on est tout à fait
sans façon chez moi ; que la présence de ces
femmes ne vous arrête pas, ça ne comprend

rien aux affaires… ce sera pour elles comme si vous parliez grec.

—Eh! qui sait, dit la gouvernante avec une intention méchante, si votre Lisa, qui est si savante, ne comprend pas aussi cette langue-là !

Cette fois la noble jeune fille ne put cacher son humiliation de se voir en butte aux attaques de cette acariâtre servante ; elle laissa tomber son porte-crayon, et tournant vers Bambriquet ses yeux remplis de larmes, elle dit seulement d'une voix suppliante en joignant les mains :

—Mon père! mon père !

Le vieillard parut embarrassé, et il hésitait à se prononcer entre sa fille et mademoiselle Lapiquette, quand l'étranger, ne pouvant plus se contenir, vint en aide à la charmante créature opprimée.

— Vous avez, monsieur Bambriquet, dit-il avec un profond et froid dédain, une domestique bien familière et qui sait aussi peu ce qu'elle doit à ses maîtres que ce qu'elle doit à vos hôtes.

Mais le reproche que contenait cette phrase contre l'inconvenance de Jeanneton à rester dans le salon au moment d'une visite ne fut compris sans doute que d'Élisa; elle remercia Moreau d'un regard. Quant à la gouvernante, sans se rendre bien compte de ce qu'on lui voulait, elle avait déjà posé ses poings sur ses hanches et elle allait partir comme un cheval échappé, lorsque Bambriquet, prévoyant l'orage, lui dit brusquement :

— Tais-toi. N'aurai-je donc jamais la paix

avec vous ? Voilà que vous êtes ensemble depuis deux jours seulement, et déjà vous ne
pouvez vous entendre ! Vous savez bien que
je vous ai défendu de vous quereller, que
diable !

— Nous quereller, mon père ? dit la
jeune fille avec dignité ; entre votre gouvernante et moi il ne peut y avoir de querelle.

— L'entends-tu ? reprit Bambriquet, se
méprenant sciemment peut-être sur le sens
de ces paroles et en se tournant vers Lapiquette, elle y met du sien, cette petite ; c'est
toi qui la taquines toujours.

—Ah ! par exemple, s'écria Jeanneton vivement, allez-vous donner raison contre moi
à cette.....

— Tais-toi ! reprit Bambriquet, et cette
fois d'un ton qui n'admettait pas de réplique :

C'est ma fille, après tout, et je prétends que..... que vous vous aimiez. Ne m'échauffe pas trop la bile, Jeanneton, tu sais qu'il n'en résulterait rien de bon.

La gouvernante fit une affreuse moue, mais elle n'osa rien ajouter pour le moment, et elle se remit à tricoter son bas avec précipitation. Élisa avait déjà repris son dessin.

— Hum ! fit Bambriquet en cherchant dans sa poche une prise de tabac, c'est vraiment l'enfer, cette maison-là, depuis qu'il y a deux femelles ; on me fera perdre la tête ! Mais revenons à notre affaire, mon cher locataire. Vous disiez donc... Tiens, mais pourquoi vous levez-vous ? voulez-vous donc partir déjà ?

En effet, M. Moreau faisait ses préparatifs de départ.

— Monsieur Bambriquet, dit-il d'une voix
ferme et sans même chercher à dissimuler
le mépris que lui inspirait son interlocuteur,
il ne me reste plus rien à faire ici. J'ai appris aujourd'hui que, par l'entremise de nos
gens d'affaires, et bien à mon insu, je vous
l'assure, j'étais en rapport d'intérêts avec
vous. Ce que je savais vaguement de votre
personne et de votre caractère n'était pas de
nature à me faire désirer de rendre ces rapports plus directs ; cependant je ne pouvais
vous supposer tel que je vous ai vu ce soir,
et, surmontant de violentes répugnances, je
me suis décidé à venir vous adresser des
propositions que je crois inutiles maintenant.
Décidément nous ne pourrions jamais nous
entendre, et je ne veux pas compromettre
plus longtemps ce qui ne doit pas être com-

promis. Je laisserai aux hommes de loi chargés de vos intérêts et des miens le soin de régler l'affaire qui m'amenait ici, et je me retire.

L'ancien chiffonnier fut tout abasourdi par cette allocution sévère, dont cependant il ne pénétrait pas entièrement le sens.

—Ah çà ! que diable me chantez-vous là ? s'écria-t-il, et comment savez-vous que nous ne pourrions nous entendre, puisque vous ne m'avez pas appris de quoi il s'agissait ? Quel drôle d'homme vous faites ! Ah çà ! c'est donc pour me dire cela que vous venez carillonner à ma porte à dix heures du soir ?

— J'avais, en effet, quelque chose à vous dire encore ; c'est que vous pouvez considérer comme vacant le modeste appartement que j'occupe chez vous; je compte le quitter prochainement et pour toujours.

— Vous me donnez congé? à votre aise, monsieur, à votre aise ; seulement vous ne me paraissez pas bien au courant des usages dans ces sortes d'affaires, et on dirait que vous n'avez jamais donné congé! les choses ne se passent pas tout à fait ainsi.

— Eh ! qu'importe? mais je m'informerai des formalités d'usage, et je vous assure qu'elles seront remplies.

En ce moment un violent coup de sonnette se fit entendre.

— Eh bien, encore? Qui donc peut nous venir à pareille heure? dit le propriétaire avec humeur. Va voir qui c'est, Jeanneton ; on prend donc ma maison pour une auberge?

Jeanneton se leva en rechignant pour aller

ouvrir. M. Moreau voulut profiter de l'occasion pour s'éloigner ; mais au moment où il
s'approchait pour saluer Élisa, un pas précipité se fit entendre dans la pièce voisine, et
la personne à qui la gouvernante était allée
ouvrir entra brusquement dans la salle : c'é-
tait Édouard de Salviac.

La présence de l'artiste était aussi extraordinaire que celle de M. Moreau lui-même
chez Bambriquet ; outre que l'homme célèbre n'avait aucune sympathie pour son propriétaire, on se souvient de la discussion
extraparlementaire qui avait eu lieu entre
eux quelques jours auparavant au sujet du
loyer. Il fallait donc un motif grave pour
qu'il se fût décidé à pénétrer si tard chez son
inexorable créancier. En effet, ses traits
étaient altérés par la colère, et il froissait

convulsivement entre ses doigts une feuille
de papier timbré couverte de pattes de mou-
ches de sinistre augure.

Cependant, à la vue de plusieurs personnes réunies dans le salon, il chercha à se
contenir. Il salua Moreau d'un air poli, mais
froid, et, sans remarquer mademoiselle Bambriquet, que du reste il ne connaissait pas, il
se dirigea vers le maître de maison, afin de
lui parler en particulier ; mais l'ancien industriel s'écria tout haut d'un ton railleur en
l'apercevant :

— Oh ! pour celui-là, je sais ce qui l'a-
mène ! Eh bien, mon garçon, je vois que
vous avez reçu de mes nouvelles ! mon huissier est vraiment un homme expéditif... Eh !
eh ! vous devez commencer à comprendre

qu'il en coûte quelquefois de faire le méchant !

L'artiste, exaspéré, ne sut plus se modérer.

— Vieux coquin ! s'écria-t-il en fureur, je voulais vous ménager en présence des personnes qui sont ici ; mais, puisque vous m'y provoquez, je vous dirai devant elles que vos procédés envers moi sont infâmes et que vous méritez...

— Pas de gros mots, je vous prie ! interrompit Bambriquet ; adressez-vous à mon avoué ou à mon huissier si vous avez des réclamations à faire au sujet de ma créance... et ne venez pas ainsi violer mon domicile.

— Monsieur, c'est à vous que je dois m'en prendre de la brutalité de vos mandataires, car ils ne font qu'obéir à vos ordres ; et je dis que vous n'agissez pas comme un homme d'honneur, en abusant sans m'en prévenir à l'avance, des humiliants avantages que vous avez sur moi.

— Un homme d'honneur ! répéta Bambriquet rouge de colère ; je suis plus homme d'honneur que vous, monsieur le mange-tout ! Je n'ai pas de dettes, moi ; je ne dois rien à personne, au lieu que vous qui faites le faraud avec vos croix...

— Misérable ! s'écria l'artiste en s'avançant vers lui d'un air menaçant, tu oses m'insulter ?

Un cri de frayeur que poussa la jeune demoiselle l'arrêta tout à coup. Il se retourna et la regarda fixement ; l'expression de son visage changea aussitôt.

— Vous êtes sa fille, dit-il avec une intonation de voix mélancolique ; je l'ai reconnu à ce cri du cœur... Excusez-moi, mademoiselle, si j'ai donné carrière en votre présence à tout mon mépris pour votre père; votre estime est peut-être la seule qui lui reste, et je suis encore trop généreux pour vouloir la lui ôter.

Pendant la scène précédente, M. Moreau était resté immobile et silencieux, insensible en apparence à ce qui se passait autour de lui. Le cri qu'avait poussé la jeune fille parut enfin le faire sortir de sa méditation; il se tourna vers l'artiste et il lui dit avec cette irrésistible autorité qui s'attachait toujours à ses paroles :

— Que M. de Salviac m'excuse si j'interviens encore une fois dans ses affaires; il sait que ma sympathie pour sa personne et pour son talent est la seule cause de mon indiscrétion. Aussi, sans approuver les procédés violents dont il se plaint, je lui demanderai en ami si, au lieu de se répandre en injures et en menaces envers un homme qui agit dans les limites de son droit, quoique avec rigueur, il ne ferait pas mieux de parler plus froidement et de prouver avec modération que ses intentions sont droites pour l'avenir.

— C'est bien cela, s'écria Bambriquet ; vous voyez bien les choses, monsieur Moreau ; et, ma parole d'honneur, je n'aurais pas mieux dit moi-même.

Salviac fut d'abord piqué de l'espèce de leçon que lui adressait l'étranger ; mais son caractère loyal et franc reprit aussitôt le dessus, et tendant la main à M. Moreau, il lui dit avec cordialité :

— Vous avez raison, monsieur, et je vous

remercie de votre avertissement bienveil-
lant. La chaleur de mon sang et la vue des
larmes de madame de Salviac m'avaient
égaré. Je serai donc calme, et puisque le rôle
du débiteur est de s'humilier devant son
créancier, continua-t-il avec amertume, je
dirai à M. Bambriquet que *je le prie* (il appuya sur le mot) d'interrompre les poursuites commencées et de m'accorder encore
quelque temps, afin que je puisse réaliser la
somme que je lui dois.

Sans doute ces paroles avaient coûté à la
fierté de l'artiste, car sa voix s'altéra vers la
fin . Moreau fit un signe d'approbation.

— J'aime mieux ça! dit Bambriquet d'un
ton protecteur; vous voyez, mon cher locataire, que lorsqu'on est dans son tort, il faut
finir tôt ou tard *par mettre les pouces*. Eh

bien, puisque vous êtes raisonnable, je ne serai pas trop dur avec vous; je sais excuser un moment de vivacité, et je ne risque rien après tout, car il y a chez vous de quoi répondre de ce qui m'est dû... A supposer donc que je vous accorde encore quelques jours de répit, avez-vous du moins des chances de me payer, ce délai expiré ?

— J'en ai, dit l'artiste dont cet interrogatoire blessait de plus en plus la fierté, mais qui devait céder à une nécessité inexorable; si j'obtiens la commande du monument de Dresde, je toucherai immédiatement une somme assez forte dont une partie sera consacrée à m'acquitter envers vous.

— C'est fort bien, mais si la commande n'est pas pour vous ?

— Alors, monsieur, vous userez de vos

droits. L'ambassadeur de Saxe est bien disposé en ma faveur, quoiqu'il hésite encore;
mais dans quelques jours, un ami personnel
de Son Excellence doit arriver à Paris, je
lui serai présenté, et il n'y a aucun doute
qu'avec cette puissante recommandation je
ne doive l'emporter sur mes rivaux.

Une émotion extraordinaire se peignit sur
les traits du grave Moreau.

— Un ami de l'ambassadeur? demanda-
t-il; monsieur de Salviac, excusez ma curiosité, mais cette personne dont vous parlez,
cette personne que l'on attend à Paris, ne serait-ce pas...

— Le prince de Z...., dit l'artiste avec
étonnement; est-ce que vous le connaîtriez?

— Le prince de Z....., s'écria à son tour
l'ancien chiffonnier; en voilà encore une

bonne pièce! Qu'il arrive celui-là, je lui prépare un plat de mon métier.

M. Moreau fronça le sourcil; mais Édouard, au risque de compromettre la bonne harmonie qui commençait à s'établir entre lui et son créancier, demanda avec aigreur :

— De qui parlez-vous ainsi, monsieur Bambriquet? Savez-vous que le prince de Z... porte un des noms les plus illustres et les plus respectés de l'histoire de France, et qu'il ne vous appartient pas de parler de lui comme d'un pauvre diable d'artiste qui vous doit de l'argent!

La réponse de Bambriquet ne se fit pas attendre.

— Et c'est parce que ce fameux prince me doit de l'argent, dit-il avec un air d'importance impertinente, que je parle de lui .

sur ce ton-là, mon cher enfant ! Ces nobles
si fiers n'en sont pas où vous croyez, et ils
commencent même à être diablement *bas
percés !* Ce M. Z..., tout prince qu'il est,
me doit une somme assez ronde, cent cin-
quante mille francs, hypothéqués sur son
hôtel du faubourg Saint-Germain. Comme
on ne me paye pas les intérêts, je fais pour-
suivre ; et, lorsque monsieur le prince va arriver en poste, après avoir couru l'Allemagne et l'Italie en grand seigneur, il aura
affaire à un certain monsieur Bambriquet
de ma connaissance qui le mènera bon
train.

Salviac ne pouvait en croire ses oreilles.

— Vous vous trompez sans doute, reprit-
il ; le prince de Z... dont je vous parle passe
pour être immensément riche ; il a été colo-

nel dans l'ancienne garde royale ; quand il est à Paris, il n'est bruit que de son luxe, de ses beaux équipages, de ses riches livrées, de ses fêtes brillantes : ce ne peut être celui que vous connaissez, celui que vous tenez presque en votre pouvoir.

— Ma foi, je ne le connais pas, je ne l'ai jamais vu ; c'est mon notaire qui a arrangé ce prêt avec l'homme d'affaires du prince, et comme l'immeuble est là pour répondre de ce qui m'est dû, je ne m'en suis guère inquiété jusqu'ici. Mais, ma foi, je suis las d'attendre, et il sera exproprié avant quinze jours... et voilà !

Salviac voulut ajouter quelques mots ; il sentit tout à coup son bras serré comme dans un étau de fer par le mystérieux Moreau.

—Pourquoi douteriez-vous, monsieur de Salviac? dit-il à voix basse avec une amère ironie; pourquoi ce bourgeois, cet industriel, ce tancien chiffonnier, ne tiendrait-il pas en sa puissance la vieille aristocratie de nom comme la jeune aristocratie de talent? Laissez faire cependant; il trouvera des débiteurs qu'il ne forcera pas à lui crier merci.

Edouard regarda Moreau avec le plus profond étonnement, mais il n'osa l'interroger. Bambriquet reprit avec un air de bonté tout paternel :

—Quoi qu'il en soit, mon cher Salviac, je veux bien, pour en revenir à notre affaire, oublier l'impolitesse que vous m'avez faite le jour du terme et vos fanfaronnades de tout à l'heure. Puisque vous êtes gentil, je consens à attendre encore quelques jours avant de faire valoir mes droits sur ce joli mobilier que vous m'avez cédé... mais soyez sage, je vous en avertis ; vous êtes raide, orgueilleux, et cela ne me va pas.

— Monsieur ! dit l'artiste, qui fut sur le point de faire une rechute de fierté.

— Acceptez ! murmura Moreau à son oreille avec vivacité. Édouard prit un air moitié contraint, moitié ironique.

— Soit, continua-t-il ; je serai heureux d'obtenir pour ma conduite le suffrage de monsieur Bambriquet.

Le propriétaire prit pour argent comptant cette soumission douteuse.

— Allons, dit-il d'un ton de suffisance, il y a de l'étoffe en vous, Salviac, et avec de bons conseils on ferait de vous quelque chose. Et maintenant, monsieur Moreau, ajouta-t-il en se tournant vers l'autre locataire, vous voyez que je suis de bonne composition ; voulez-vous enfin me dire le motif qui vous amène chez moi ?

— Non, dit Moreau d'un ton sec.

— Et vous persistez à quitter une maison où vous êtes si tranquillle, où vous pouvez vivre suivant vos goûts ?

— La nécessité de la quitter est devenue pour moi plus pressante que jamais.

— Cependant si vous demandiez quelques réparations ou quelques embellissements...

La conversation fut interrompue par une exclamation d'Édouard de Salviac, qui s'était éloigné un peu des interlocuteurs par discrétion. Il avait jeté machinalement un regard sur le dessin de la jeune fille, et il n'avait pu retenir un cri d'admiration.

CHAPITRE VIII.

VIII

— Ceci est vraiment merveilleux ! disait
Salviac avec chaleur en examinant l'ouvrage
de mademoiselle Bambriquet. Quelle pureté
de lignes ! quelle finesse de dessin ! Ce croquis
est vraiment un petit chef-d'œuvre.

— Monsieur de Salviac, dit la jeune fille

avec une timidité charmante en baissant les yeux, les éloges d'un homme de talent tel que vous sont trop précieux pour qu'il me soit permis de croire que je les mérite.

Bambriquet, voyant qu'il ne gagnait rien à presser M. Moreau, se rapprocha de sa fille et dit à l'artiste d'un air de satisfaction :

— Vous trouvez donc, monsieur, que ce n'est pas bien mal ce que fait cette petite? Ma foi, je ne sais pas quel mérite on peut trouver dans toutes ces petites lignes noires sur du papier blanc? enfin c'est la mode : que voulez-vous? il faut bien que Lisa fasse comme les autres.

— Mais mademoiselle votre fille a déjà un admirable talent! s'écria Salviac dans son enthousiasme d'artiste ; voilà un croquis que ne désavouerait pas le peintre le plus célèbre.

Regardez, monsieur, continua-t-il en s'adressant à Moreau, qui se trouvait le plus près de
lui, en lui présentant le dessin, eussiez-vous
pu croire qu'une jeune demoiselle qui sort
de pension fût capable de produire quelque
chose d'aussi parfait?

— Elle ferait mieux de raccommoder les
bas de son père, grommela la gouvernante
d'un ton maussade, au lieu de me laisser
toute la besogne.

Mais personne n'eut l'air d'avoir entendu
cette prosaïque observation. Moreau examina le dessin, puis il le déposa sur la table
en disant froidement :

— C'est merveilleux !

L'artiste jugea que le mystérieux personnage ne s'y connaissait pas ; mais cette froideur n'était qu'apparente, car M. Moreau re-

prit le dessin, l'examina longtemps et le rendit à la jeune fille en poussant un profond soupir.

— Allons, dit Bambriquet en fourrant ses deux mains dans ses poches, je ne suis pas fâché que les maîtres que je payais si cher ne m'aient pas tout à fait volé mon argent. Eh bien ! messieurs, puisque vous êtes là, il faut que vous voyiez ce que la petite sait faire... Voyons, Lisa, joue-nous un air sur ton piano et chante-nous quelque chose..... Ces messieurs doivent s'y connaître, et ils me diront si ton *inducation* est telle que je le voulais.

— Mon père, répondit la jeune pensionnaire timidement, je craindrais...

—Qu'y a-t-il? interrompit Bambriquet avec colère, des observations, je crois, et devant le monde encore. Est-ce qu'on ne t'aurait pas appris, mademoiselle, que ton premier devoir est d'obéir à ton père ? Je voudrais bien voir qu'une morveuse se permît de contrôler ce que je dis ; allons, vite, nous voulons aller nous coucher, car il se fait tard ; ainsi pas de simagrées, je ne les aime pas.

Les deux visiteurs voulurent s'excuser d'assister à l'humiliant examen qu'on voulait faire subir à la jolie enfant, mais Bambriquet croyait de sa dignité paternelle de ne pas céder à ce qu'il supposait être un caprice de sa fille, et il leur fit signe de s'asseoir.

La pauvre petite, le cœur gros et les yeux pleins de larmes, alla ouvrir un vieux piano d'assez piètre apparence qui, depuis son arrivée, décorait un coin du salon, et elle se mit à préluder avec légèreté.

Dès les premières touches, les auditeurs reconnurent que ce n'était pas par ignorance qu'Elisa Bambriquet avait hésité à se rendre aux ordres de son père; l'exécution était facile, brillante et (chose rare dans une femme) pleine de vigueur et de puissance. Bientôt elle joignit sa magnifique voix de contralto aux sons mélodieux de l'instrument, et les auditeurs tombèrent sous ce charme irrésistible qu'apporte avec elle la musique excellente. La voix était juste, sonore, étendue, dirigée avec un art supérieur, et elle avait un timbre, une expression qui allaient jusqu'à l'âme. Pendant ce délicieux morceau, la noble et grave figure de Moreau exprimait un profond recueillement : celle de l'artiste, plus ardent et plus expansif, reflétait une sensation délicieuse, une admiration pro-

fonde ; Bambriquet s'épanouissait de satisfaction dans son vieux fauteuil, au coin du feu,
et il n'était pas jusqu'à la maussade Jeanneton qui, dans l'ombre, le cou tendu, ne parût
oublier son bas et ses aiguilles à tricoter.

Lorsque le chant cessa, Salviac bondit
sur son siége pour aller offrir la main à Élisa
et la reconduire à sa place.

— Mademoiselle ! s'écria-t-il avec enthousiasme, vous n'êtes pas seulement un grand
peintre, vous êtes grande musicienne et
grande cantatrice... Vous me voyez ému,
pénétré ; je n'ai jamais rencontré tant et de
si beaux talents réunis dans une personne si
jeune et si belle.

Élisa rougit de plaisir ; mais un sourire
mélancolique vint corriger l'expression de
joie naïve que ce triomphe avait appelée sur

son visage. L'artiste continuait à lui adresser les compliment les plus flatteurs, mais M. Moreau ne prononçait pas un mot d'éloge et de remercîment, il restait silencieux et méditatif ; seulement son regard ne quittait pas la jeune fille qui venait de produire cette harmonie divine.

— N'écoute pas ce beau diseur, Lisa, reprit Bambriquet en ricanant, évidemment flatté du succès de sa fille ; ce monsieur de Salviac, vois-tu, est habitué à glisser dans l'oreille de toutes ces dames du grand monde un tas de cajoleries qui pourraient tourner la tête à une petite fille comme toi... Cependant, continua-t-il d'un air de complaisance, on n'est pas fâché de voir que tu n'as pas entièrement perdu ton temps au couvent, et que tu as profité des sacrifices que j'ai faits pour toi.

— Monsieur Bambriquet, s'écria l'artiste impétueusement, ne voyez pas dans mes éloges à votre charmante fille de vaines paroles de politesse ; je suis vraiment transporté, confondu d'admiration. Si vous vouliez bien permettre à votre charmante enfant d'assister à nos soirées de cet hiver, nous serions heureux de mettre en relief ses perfections en présence d'un monde digne de l'apprécier.

— Nous verrons cela ; si nous écoutons de cette oreille, ce ne seront pas les invitations qui nous manqueront cet hiver, allez ! Lisa a été déjà invitée à une soirée qui doit avoir lieu dans un mois chez le père d'une de ses bonnes amies, un grand personnage du faubourg Saint-Germain, un comte ; rien que cela ! Comment appelles-tu cette demoi-

I.   **12**

selle qui t'aime tant, Lisa, et qui veut à toute force que tu ailles chez elle au bal ?

— Hermance de Montreville, mon père, dit Élisa avec une sorte d'orgueil naïf, la meilleure amie que j'eusse à la pension.

— Hermance de Montreville ! s'écria Salviac, serait-ce la plus jeune fille du digne comte de Montreville !

— C'est elle en effet, dit Élisa en soupirant ; pauvre amie ! comme nous nous sommes regrettées lorsqu'il a fallu nous séparer.

Ce nom de Montreville fit aussi tressaillir Moreau ; il parut sortir comme d'un profond sommeil et demanda lentement :

— Hermance a donc quitté le couvent tout à fait ? elle va donc cet hiver faire son entrée dans le monde ?

— Je le crois bien, monsieur, répliqua

Élisa en souriant ; on parle même d'un grand
mariage pour elle.

— Un mariage ! répéta Moreau avec un
accent singulier.

Puis il se retourna vers Bambriquet et lui
dit avec ironie :

— Savez-vous, monsieur, que vous devez
être bien fier d'avoir reçu une invitation du
noble comte de Montreville, dont la maison
est le rendez-vous de la fleur de notre aristocratie !

— Et pourquoi non, monsieur Moreau ?
dit Bambriquet d'un ton dégagé ; il est vrai
qu'on ne m'a pas fait une invitation dans les
règles ; mais puisqu'on invite ma fille, on
peut bien supposer que je ne la laisserai pas
aller seule chez des gens que je ne connais
pas ! Du reste, je ne me soucie pas de toutes

ces fêtes-là, je vous assure ; à partir de demain j'aurai des occupations qui m'occuperont toutes les soirées et une partie de la nuit... rien n'est moins sûr que j'amène Élisa dans cette maison ; je ne suis pas bien décidé encore à la laisser fréquenter des gens de cette volée... mais nous avons tout le temps d'y songer. Messieurs, voilà dix heures qui sonnent, et cette pauvre Lapiquette bâille à se démancher la mâchoire ; permettez-moi de vous renvoyer.

En recevant un congé si précis, les deux visiteurs se levèrent.

— Père Bambriquet, dit l'artiste, si vous vouliez bien permettre quelquefois à mademoiselle votre fille de monter faire un peu de musique avec Madame de Salviac, peut-être y trouverait-elle quelque distraction.

Élisa fit une modeste révérence.

— Très-volontiers, répliqua Bambriquet, d'autant plus que la musique me casse un peu la tête ; mais Lapiquette s'impatiente... Allons, adieu ; adieu, messieurs. Je vous souhaite une bonne nuit.

Les deux étrangers s'inclinèrent devant Élisa et sortirent, éclairés par Lapiquette, qui referma bruyamment la porte sur eux.

Au moment où ils traversaient la cour, plongée déjà dans une obscurité profonde, M. Moreau, dont l'humeur semblait encore s'être aigrie depuis quelques instants, s'arrêta tout à coup, et, saisissant l'artiste par le bras, il lui dit d'une voix sourde :

— Est-ce que votre cœur ne saigne pas comme le mien ? est-ce que votre âme tout

entière ne se soulève pas d'indignation après
ce que vous venez de voir ?

— Je ne vous comprends pas, monsieur,
dit l'artiste avec étonnement.

— Eh quoi ! vous ne comprenez pas combien cette jeune fille si belle, si pure, si intelligente, si délicate, est à plaindre dans ce
repaire de bassesse et de corruption où nous
étions tout à l'heure ? Voilà une délicieuse
créature, douée de toutes les qualités mora-
les, de tous les avantages physiques, de tous
les talents ; elle est faite pour le monde élevé,
pour la société choisie, pour le sanctuaire
le plus pur de la vie domestique, et il faut
qu'elle soit soumise aux caprices grossiers
d'une servante éhontée, aux volontés absurdes d'un père imbécile ? Les insensés ! voilà
donc où ils en sont venus ! ils veulent élever

leurs enfants et ils les forcent à les mépriser;
ils sèment la corruption, et leurs enfants ré-
coltent le mauvais exemple.

Et sans attendre de réponse à ces paroles
obscures et sans suite, il se mit à marcher
d'un pas inégal et saccadé.

— Vous avez raison, dit l'artiste au bout
d'un moment; cette jeune fille est bien à
plaindre, entre ces deux odieuses créatures;
j'ai remarqué que déjà elle semblait souffrir.

— Toute son âme est déchirée, et cependant qu'elle est fière et belle !

On était arrivé au pied de l'escalier, et le
reflet d'une lampe voisine permit à Salviac
d'observer son compagnon à la dérobée. Les
traits de Moreau, si froids un moment auparavant, avaient pris une animation remarquable; ses yeux brillaient d'un éclat extraor-

dinaire. Mais dès qu'il s'aperçut qu'il
était l'objet d'un examen attentif, il fit un
geste d'impatience.

— Monsieur de Salviac, demanda-t-il sèchement, est-il vrai que vous avez besoin
d'une recommandation puissante auprès de
l'ambassadeur pour obtenir la faveur que
vous sollicitez ?

— J'ai la certitude, monsieur, qu'un mot
d'un ami particulier de Son Excellence suf-
firait pour me faire obtenir ma demande.
Mais puis-je savoir...

— Rien. Il se fait tard... Adieu.

En même temps cet homme singulier se
mit à monter l'escalier qui conduisait à son
appartement, laissant l'artiste convaincu que
son voisin était fou ou à peu près.

CHAPITRE IX.

IX

Dès que les étrangers eurent quitté le salon, Élisa se leva et se prépara à se retirer dans sa chambre.

— Je suis content de toi, petite, dit Bambriquet en se frottant les mains avec satisfaction ; tu m'as fait honneur ce soir devant des personnes huppées... Je parie que je n'aurai pas de peine à te marier !

— Mon père, dit la jeune fille avec mélancolie, êtes-vous donc las déjà de m'avoir près de vous ?

— Je ne dis pas, mais enfin tôt ou tard, il faut en finir par là, d'autant plus que j'ai pour moi-même des projets... Mais il n'est pas encore temps de parler de ça. Toujours est-il que je vois avec plaisir que tu n'auras pas de peine à trouver un mari. Dieu ! avaient-ils l'air content ce soir, les locataires ! Ce fanfaron de Salviac se tordait sur sa chaise en t'écoutant, et cet autre grand sournois de Moreau, tout gourmé qu'il est, te dévorait des yeux... J'étais flatté ; parole d'honneur, j'étais énormément flatté.

— Et c'est pour cela que vous bousculez tout le monde, s'écria la gouvernante qui rentrait en ce moment et qui n'était pas fâchée de faire expier à la fille de son maître son innocent triomphe ; je ne sais ce qui m'a empêchée de vous planter là et de m'en aller à l'heure qu'il est pour ne plus revenir. A-t-on jamais entendu parler à une pauvre femme comme vous m'avez parlé ce soir ? J'en étais indignée... Mais je le vois bien, depuis que vous avez votre fille chez vous, vous perdez la tête, vous ne connaissez plus personne... c'est pourtant une fière chipie, allez, que votre fille avec ses grandes roulades et ses barbouillages de noir et de blanc !

En même temps elle se laissa tomber sur un siége, à demi suffoquée par sa rage trop longtemps contenue.

Bambriquet était tout interdit : mais Élisa, déposant sur la table le flambeau qu'elle venait d'allumer, se tourna vers le vieillard, et lui dit avec noblesse :

— Mon père, déjà plusieurs fois dans cette soirée j'ai été en butte aux grossières injures de cette femme ; je sais quelle indulgence on doit avoir pour une domestique dont on a éprouvé l'attachement et le zèle ; mais, de grâce, ne souffrez pas que dans votre maison je sois plus longtemps exposée aux insultes de votre servante ; car, si cela était, je devrais regretter de ne pas être restée toute ma vie dans le couvent où vous m'aviez placée loin de vous !

Bambriquet allait répondre quand Jeanneton se leva comme une furie.

— Une servante, moi ! s'écria-t-elle en

portant le poing sous le visage de la pauvre enfant qui recula épouvantée derrière son père; je suis plus maîtresse que vous ici et je vous le ferai bien voir... Et vous, monsieur, continua-t-elle en se remettant à sangloter, il faut que vous ayez bien peu de cœur de souffrir qu'on me traite comme cela! mais je m'en irai bien loin, et je vous ferai connaître pour ce que vous êtes, allez! Je ne veux plus rester dans cette baraque de maison, moi, hi! hi! je veux que tout le monde sache...

— Allons! Jeanneton, calme-toi, dit Bambriquet troublé en prenant la main de sa gouvernante, qui s'abandonnait à une douleur supposée ou véritable, mais toutefois très-bruyante; cette petite ne sait pas, ne peut pas savoir... A tous les diables les femmes!

continua–t–il en frappant du pied. Je t'avais
pourtant dit, Lisa, qu'il ne fallait pas parler
à Jeanneton comme à une servante ; je t'avais
fait entendre que j'avais des idées sur elle,
quoi ! Elle est d'une bonne famille ; c'est la
fille d'un ancien boutonnier qui a eu des
malheurs, et peut-être un jour aurais–tu à
te repentir de l'avoir mal menée.

—Mon père, dit la jeune fille en baissant
les yeux, je ne vous comprends pas ; mais je
sais bien que, tant que la condition de cette
fille n'aura pas changé près de vous, je ne
puis, je ne dois pas supporter ses insolences.

— Voyez-vous la mijaurée ! s'écria Lapiquette en grinçant des dents ; on jugera qui
de nous deux...

— Tais-toi, Lapiquette, tais-toi, interrompit Bambriquet avec force ; tu oublies

trop à qui tu parles, ma chère ; je te dis que
tu vas trop loin ; après tout, ma fille est ma
fille, entends-tu bien ! Et si je ne veux pas
qu'elle te moleste, au moins ne la moleste
pas... Ne pouvez-vous donc vivre en paix et
bonnes amies ?... Mais nous causerons de cela
demain, il est temps d'aller dormir. Bonsoir
petite, bonsoir ; va-t'en dans ta chambre et
tâche de ne pas être mauvaise tête comme
cela.

—Mon père, demanda Élisa avec un profond abattement, vous trouvez donc que
j'ai eu tort ?

Elle prit son bougeoir, embrassa le vieillard, et elle se retira en murmurant d'une
voix étouffée:

— Qui m'eût dit que j'aurais tant à souffrir dans la maison paternelle !

Mais Bambriquet ne l'écoutait pas ; il était tout occupé de la gouvernante qui simulait une attaque de nerfs dans son fauteuil, sans toutefois altérer en rien la symétrie des magnifiques rubans roses qui surmontaient son bonnet.

— Allons, calme-toi, ma pauvre Jeanneton, reprit-il affectueusement en lui frappant dans les mains et en allant et venant d'un air empressé autour d'elle ; que diable ! tu n'es pas raisonnable ; tu me mets dans l'obligation d'avoir l'air de te gronder, quoique j'en sois bien fâché, je t'assure... Il faut que tu m'aides un peu de ton côté ; je ne peux pas dire à tout le monde...

— Laissez-moi, vous êtes un méchant homme, dit la gouvernante d'une voix entrecoupée et en se démenant comme une

possédée; vous voulez ma mort et vous
m'assassinez à petit feu... C'est vous qui m'a-
vez perdue, déshonorée! Tout le monde
dans le quartier me montre au doigt, et la
dernière fois que j'ai vu mon père il m'a
menacée de me tuer si je continuais à vivre chez vous. Je voulais rester parce que je
vous aimais et que je vous croyais bonhomme; mais je m'en irai, vous le verrez,
et je raconterai à tout le monde ce que vous
êtes, et je le dirai à votre orgueilleuse de
fille qui veut me *marcher dessus*... Hi! hi! hi!

Et les larmes, les sanglots, les gémisse-
ments recommencèrent avec une telle fureur
que le malheureux Bambriquet en était
étourdi.

— Jeanneton, voyons, que signifie tout
cela? reprit-il avec angoisse; tu es folle,

ma parole d'honneur! Songe donc à
ce que je t'ai promis; je t'épouserai dès que
ma fille sera établie; comprends donc un
peu la raison. Si je t'épousais avant que Lisa
fût pourvue, elle ne trouverait jamais à se
marier; les gendres, vois-tu, ça n'aime pas
les seconds mariages; mais sitôt que j'aurai
pu l'établir, je te promets, je te jure...

— Oui, et pendant tout ce temps je ser-
virai votre fille, moi, et je lui préparerai son
dîner et je cirerai ses brodequins! Allez, allez,
vous devriez rougir, monsieur, de vous conduire comme vous le faites! Vous êtes un
sans cœur, un homme sans entrailles, un véritable monstre! Vous serez cause de mon
malheur et de celui de toute ma famille!

C'est une horreur, une indignité! Si depuis que je suis chez vous, j'avais écouté les

propositions que l'on me faisait, je n'aurais pas tant à souffrir. Je suis jeune, je ne suis pas mal tournée et je ne manque pas d'adorateurs. M. Badillet, le boucher du coin, un homme établi et qui a de quoi, voulait m'épouser, et il aurait fait mon bonheur. Au lieu de cela je suis restée près de vous, pour être votre servante, et vous n'avez que de vilaines choses à me dire ; mon père, mes frères et sœurs sont dans la misère et je ne puis pas les secourir ; mon père ne veut plus me voir et il m'a menacée de me casser les os si je reparaissais devant lui... Et voilà ce dont vous êtes cause ! Vous déchirez le cœur d'une pauvre créature qui vous aimait tant !

CHAPITRE X.

X

Cette allocution touchante, entremêlée de toutes sortes d'agréments pathétiques, acheva d'exalter la sensibilité du propriétaire.

— Voyons, ne pleure pas, ma pauvre Jeanneton, dit-il presque en pleurant lui-même, quoique sa fibre lacrymale fut passablement coriace; je ne suis pas méchant, tu le sais bien, et je ne veux pas que tu te désoles comme ça.

— Laissez-moi, je ne veux plus vous voir ! s'écriait la grosse fille dans un accès de fureur; je veux finir cette misérable existence; je veux aller me jeter à l'eau; je suis bien la maîtresse, moi... je vous dis que je veux aller me jeter dans la Seine.

— Tu réfléchiras à cela, ma chère Jeanneton, dit Bambriquet d'un ton très-humble, tu n'aurais pas le courage de me causer tant de chagrin ! Voyons, parle; que pourrais-je faire pour te consoler ? Tu me dis que tes parents sont pauvres, malheureux; pourquoi ne s'adressent-ils pas à moi, tes parents ? Je ne les ai jamais vus. Je suis bonhomme au fond, tu le sais bien, et déjà plus d'une fois je t'ai remis de l'argent pour eux; en veux-tu encore? je t'en donnerai... Mais, de grâce, calme-toi.

— Mes parents sont fiers, monsieur, quoiqu'ils soient pauvres; ils auraient honte de paraître devant un homme qui m'a perdue, car voilà ce qu'on dit partout en parlant de vous et de moi... Mais vous voulez vous donner des airs d'être généreux, et je sais bien que vous n'avez pas envie de l'être; vous aimez trop l'argent pour cela.

—Parole d'honneur, Jeanneton, tu ne me connais pas du tout. On s'imagine, vois-tu, parce que je poursuis impitoyablement ceux qui me doivent, que je suis un avare et un ladre: eh bien, on se trompe. Je ne suis pas assez fou pour oublier mon argent entre les mains des autres, mais une fois qu'il est dans ma caisse, je n'y songe plus. Je n'ai pas de besoins, je me creuse la tête à chercher comment je pourrais le dépenser et je ne trouve rien. J'aime l'argent pour le plaisir de le gagner, voilà tout. Il y a maintenant dans mon secrétaire une grosse somme en argent et en billets que je dois envoyer chez mon notaire. Eh bien, sur ma parole, je ne sais pas exactement à combien s'élève cette somme. Je n'ai jamais aimé à tenir un tas de registres, et ma mémoire devient si mauvaise...

— Allons donc ! vous voulez faire le bon apôtre, dit Lapiquette en suspendant pour un moment ses spasmes nerveux ; je suis sûre que vous savez à un sou près...

— Tu es dans l'erreur, je ne compte jamais que lorsque j'ai un versement à faire, ce qui arrive souvent, car, ma parole d'honneur, je suis plus riche que je ne veux ; on ne se doute pas, vois-tu, combien je suis riche ; et cependant pour m'occuper, car je m'ennuie mortellement depuis que je suis retiré du commerce, je vais entrer dans une spéculation qui me rapportera des millions.

— Et quelle spéculation, monsieur ?

— Je ne puis pas te le dire : c'est un secret ; les femmes ne savent pas conserver ces choses-là... Mais voyons, continua-t-il en se levant et en se dirigeant vers un massif secrétaire qui décorait un angle du salon, je ne veux pas que tu me prennes pour un Gascon ; de quelle somme as-tu besoin ?

— Hélas ! monsieur, reprit la gouvernante avec un ton dolent, mes pauvres parents n'ont pu payer encore les deux derniers termes de leur loyer, et quoique je leur aie donné l'argent de mes gages...

— Je veux que tu gardes pour toi l'argent de tes gages, dit l'ancien chiffonnier en plongeant sa main dans le bureau d'où sortit un tintement métallique ; eh bien, cent... deux cents francs suffiront-ils ?

— C'est trop, monsieur, c'est beaucoup trop, dit la gouvernante avec effusion en jetant les deux bras autour du cou de son maître ; il est vrai que voici l'hiver et que mes pauvres petits frères et mes petites sœurs n'ont pas de quoi s'habiller !

—Mettons donc trois cents, dit Bambriquet, en faisant glisser rapidement les écus entre ses doigts, mais j'espère que tu seras gentille !

—Comment ne pas l'être avec un si bon maître !... Il y a encore le petit Jacquot qu'on va mettre en apprentissage et à qui il faut un trousseau.

—Mettons cent francs de plus pour Jacquot... mais tu ne pleureras plus.

—Pourquoi pleurer quand on est si contente?... Ah ! maintenant, si mon pauvre frère cadet Jérôme, qui vient de tomber à la conscription était assuré, il ne me resterait plus d'inquiétude pour ma famille.

—Nous verrons à acheter un remplaçant à ton frère Jérôme, dit Bambriquet qui se hâta de fermer le secrétaire en remettant quatre piles d'écus à sa gouvernante; mais j'espère que tu ne me feras plus de scènes à propos de cette petite sotte d'Élisa que tu as prise en grippe, je ne sais pourquoi.

— Est-ce ma faute si je la déteste, moi ? dit Jeanneton d'un air calin ; je suis jalouse de tous ceux que vous aimez ! Aussi, ce qu'il y a de mieux à faire, c'est de nous en débarrasser bien vite.

— Eh bien, cherche-lui toi-même un mari : charge-toi de tout ; je ne demande pas mieux. Je ne pourrai guère m'occuper de ce soin désormais ; il faut que tu saches, ma chère Lapiquette, que l'affaire dont je te parlais m'occupera une partie des nuits et que par conséquent je dormirai une partie des jours.

— Miséricorde ! que me dites-vous là ? s'écria Jeanneton, qui ne put néanmoins dissimuler une joie secrète. Mais vous tomberez malade à ce régime-là !

— On s'habitue à tout. Que veux-tu ? je

m'ennuie ! je ne sais que faire du matin au
soir, et d'ailleurs il y a des millions à gagner... Ainsi songe à marier Lisa, et dès
que la noce sera finie, ce sera notre tour,
ma chère Jeanneton, et tu trouveras la récompense de tes peines et de ta constance.

— Allons ! allons ! vous faites de moi tout
ce que vous voulez ! dit la gouvernante toute
épanouie en souriant ; je n'ai pas des maris
comme ça dans ma poche.... Cependant j'y
penserai, et je tâcherai de trouver quelqu'un
pour votre orgueilleuse ; je connais une personne très-comme il faut qui m'aidera ; nous
lui donnerons un vrai phénix. Allez ! allez !
vous avez fait là un beau chef-d'œuvre d'é-
lever votre fille comme une demoiselle ! Ma-
riez ça si vous pouvez maintenant ! Ça va
faire la sucrée... mais pour peu que vous me

souteniez, nous en viendrons bien à bout...
Ah ça! monsieur, est-il bien vrai que vous
passerez désormais une partie de vos nuits
dehors, et qu'il faudra que je reste chaque
soir à garder votre Lisa?

— Il le faudra bien, mon enfant; il
s'agit d'opérations dans lesquelles je puis
doubler ma fortune en quelques mois...

— J'espère qu'il ne tourne pas de femmes
dans cette affaire? demanda la gouvernante
d'un air de jalousie parfaitement joué.

— Non, non, Jeanneton; peux-tu me
croire capable...

— Mais vraiment je vous crois capable
de tout; vous êtes bien conservé, vous avez
encore bon pied, bon œil; la langue est leste
et la tête chaude, vous êtes encore un gaillard!... mais, pardieu! si vous faisiez vos

farces, je crois que je vous étranglerais moi-
même !...

Bambriquet se mit à rire bruyamment et
se frotta les mains avec satisfaction.

— Vrai Dieu! elle m'adore, cette chère
enfant! Va, va, rassure-toi, Jeanneton, je
n'aimerai jamais personne que toi, parole
d'honneur!... Mais il est temps que j'aille
me coucher. Ainsi donc tout est arrangé; tu
ne te querelleras plus avec la petite?

. — On fera son possible pour cela; vous
êtes si bon qu'il faut bien se sacrifier...

— Quelle excellente créature! dit Bambriquet d'un air attendri; vrai, ma chère
Jeanneton, si cette petite drôlesse continuait
à t'asticoter par trop, je serais capable de la
flanquer dans sa pension pour toute sa vie et
de ne plus la voir du tout.

— Il est d'autres moyens de s'en débarrasser, répliqua la gouvernante d'un air coquet ; mais ne vous tourmentez pas la cer-
velle de cela ; tout ira pour le mieux, grâce
à moi... Bonsoir, monsieur, et bonne nuit.

— Eh bien, Jeanneton, dit le vieillard
d'un ton câlin, au moment de se retirer, tu
ne m'embrasses pas pour faire la paix ?

— Quel mauvais sujet de maître j'ai là !
Un gros baiser retentit sur la joue rebon-
die de Lapiquette, et Bambriquet se retira
dans sa chambre en ricanant et en fredonnant de sa voix chevrotante une chanson gri-
voise.

Pendant ce temps Élisa, renfermée dans
sa chambrette solitaire, s'était agenouillée
devant un petit christ d'ivoire et versait d'a-

bondantes larmes dont Dieu seul était le té-
moin.

Dès que Bambriquet eut disparu, les traits
de la gouvernante changèrent brusquement
d'expression; on eût dit d'un acteur qui,
après avoir rempli un rôle fatigant, rentre
dans la coulisse. Elle se jeta sur un siége,
bâilla, étendit les bras et parut attendre
qu'aucun bruit ne se fît plus entendre du
côté de la chambre de son maître.

Elle n'attendit pas longtemps : bientôt un
sourd ronflement, qui arrivait jusqu'à elle à
travers plusieurs cloisons, lui apprit que
Bambriquet était endormi. Alors elle se leva,
chercha dans sa poche une clef volumineuse
et se dirigea à pas de loup vers le secrétaire.

—Le vieux ladre ! murmurait-elle en
introduisant doucement la clef dans la ser-

rure ; me donner quatre cents francs, quand il est riche à millions... Mon cousin Joli-Cœur, qui est un bourreau d'argent, n'en aurait pas pour deux jours, de ses quatre cents francs !

Le pont-levis du bureau s'abaissa lentement, et le reflet lointain de la lampe laissa voir des piles d'or et d'argent et des papiers de toute espèce. La gouvernante examina scrupuleusement la place qu'occupait chaque objet, puis elle ouvrit un grand portefeuille et prit deux billets de mille francs dans une liasse volumineuse de valeurs pareilles.

— Il n'en sait pas le nombre, murmura-t-elle avec ironie. Le niais ! l'imbécile ! comme si je ne connaissais pas depuis longtemps sa négligence et sa mauvaise mémoire...

Deux pauvres billets! il ne s'apercevra de
rien, il en a tant! je vais joindre ceux-là
aux autres. Qu'il m'épouse ou non, je me serai du moins conservé une poire pour la soif.
Joli-Cœur se contentera pour cette fois des
quatre piles d'écus. Dieu! quelle noce il va
faire, Joli-Cœur! si je pouvais être là!

Et elle poussa un gros soupir.

— Je ne puis prendre beaucoup à la fois,
continua-t-elle en passant la main légèrement sur toutes ces richesses, comme pour
les caresser; il finirait par s'apercevoir de
quelque chose... Mais ces papiers qui sont jetés sans ordre dans un coin, on pourrait
peut-être en tirer quelque parti, et ce serait
moins dangereux; il a si peu d'ordre qu'il
croirait les avoir égarés! Si ce vieux fou ne
finit pas par m'épouser, je lui jouerai quel-

que tour de ma façon! Après tout, quand il
viendrait à découvrir la vérité, il n'oserait
pas me dénoncer; je dirais... enfin j'aurais
beaucoup à dire. Mais qu'est-ce que je fais
là? ajouta-t-elle en refermant la caisse avec
moins de précaution que la circonstance ne
semblait l'exiger; j'oublie qu'il se fait tard et
que l'on m'attend. Je vais être grondée sûre-
ment... Et cette avare de madame Trichard,
que je suis obligée de mettre dans ma confidence; seulement, au premier mot d'indiscrétion, elle peut être sûre que je la ferai chasser
sans rémission.

Tout en parlant ou en pensant ainsi, elle
avait retiré la clef du secrétaire; puis elle
prit la lampe et elle entra dans une pièce
voisine qui lui servait de chambre. Cinq minutes après, elle sortit au milieu d'une obs-

curité profonde, enveloppée dans une mante noire à capuchon, et elle tira doucement sur elle la porte de la maison.

Elle traversa la cour, frappa deux petits coups au vasistas de la loge; aussitôt la porte extérieure s'ouvrit, et mademoiselle Lapiquette s'élança dehors, légère et silencieuse comme une ombre.

Elle marcha rapidement, sans regarder derrière elle, jusqu'à l'extrémité de la rue. A son approche, un homme sortit de l'enfoncement d'une porte cochère et se montra sous le réverbère. Il avait près de six pieds, des moustaches noires, la carrure d'un tambour-major; son costume était celui d'un fashionable de bas étage : chapeau pointu, redingote démesurément courte, pantalon large et flottant. Il était appuyé sur un énorme gour-

din, et dès qu'il aperçut Lapiquette il s'avança
vers elle en disant d'une voix rauque et
caverneuse :

— Cré mille tonnerres ! arrive donc, Jeanneton ; je croque le marmot depuis deux
heures... Fichtre ! prends garde à toi, si tu ne
m'apportes pas de quoi *fricoter !*

Sans rien répondre, Jeanneton se pendit à
son bras, et tous les deux disparurent dans
une rue voisine.

CHAPITRE XI.

XI

Quinze jours s'étaient écoulés, et M. Moreau n'avait pas encore quitté la maison
de Bambriquet, bien qu'il annonçât toujours
son départ comme prochain. Il y a mieux,
soit que cet éloignement prochain le décidât

à se relâcher un peu de ses habitudes soli-
taires, soit qu'un changement se fût opéré
tout à coup dans sa position ou dans ses
idées, il commença à devenir moins farouche, et après avoir fait à Salviac une visite
de politesse, il consentit à venir passer une
heure chaque soir dans l'élégant salon de
l'artiste. Seulement il prenait toujours soin
de s'informer avant d'entrer si quelque personne étrangère ne se trouvait pas chez Salviac, et dans ce cas il se retirait aussitôt. Son
costume avait aussi subi des modifications no-
tables : au lieu de cette grande redingote
dont il s'affublait pour ses promenades, il
portait des vêtements plus en harmonie avec
son âge et la distinction de ses manières. Sans
être d'une grande élégance, il était vêtu en
homme du monde d'une condition modeste,

et le résultat de ce changement avait été de le faire paraître tel qu'il était, c'est-à-dire un homme encore jeune, mais à qui des préoccupations profondes avaient donné la gravité et la réflexion de l'homme fait. Il était aussi plus communicatif avec ses voisins, sans toutefois donner aucun détail précis sur sa personne et sur sa position ; on pouvait seulement acquérir la certitude d'un fait qu'on avait soupçonné d'abord, à savoir que M. Moreau connaissait parfaitement les usages de la bonne société dont il avait au plus haut degré le ton et les manières.

Peut-être une circonstance dont il nous reste à parler n'était pas étrangère à ce changement merveilleux qui s'était opéré dans le mystérieux locataire de la maison de Bambriquet. Madame de Salviac, sur l'éloge exa-

géré que lui avait fait son mari de la fille du
propriétaire, avait désiré la connaître, et
dès que ces deux charmantes femmes, si bien
faites pour s'entendre, s'étaient vues, elles
s'étaient aimées. Cécile avait donc cherché à
attirer chez elle l'aimable enfant qui souffrait
tant dans l'ignoble compagnie de son père
et de sa gouvernante, et elle avait si bien
réussi qu'Élisa ne quittait presque plus l'appartement de sa nouvelle amie. Là seulement
elle pouvait parler à l'aise, être comprise,
appréciée; là seulement elle n'éprouvait
pas cette gêne insupportable qui commençait à la miner sourdement. Bambriquet,
intérieurement flatté de cette liaison, ne
faisait encore aucune objection sérieuse;
d'ailleurs, chaque soir, l'ancien chiffonnier
sortait comme il l'avait annoncé et ne ren-

trait qu'à une heure fort avancée dans la nuit.
La gouvernante profitait de ces absences
pour aller, disait-elle, visiter les divers mem-
bres de sa nombreuse famille, et si sa pauvre
Elisa n'eût trouvé une gracieuse hospitalité
chez les locataires de son père, elle eût dû
passer toutes ses soirées seule dans le noir et
triste appartement de Bambriquet, ce qui
arrivait parfois lorsque M. et madame de
Salviac n'étaient pas chez eux.

On pouvait donc raisonnablement supposer que la présence de la belle pensionnaire était pour quelque chose dans les
assiduités du sauvage Moreau chez le sculpteur ; toutefois on n'avait pas remarqué
qu'il fût plus communicatif et plus cau-
seur avec elle qu'avec les autres personnes de la société ; assis dans un fauteuil, il

passait une partie des soirées sans prendre
une part active à la conversation ; si on l'in-
terrogeait directement, il répondait briève-
ment, quoique avec cette politesse de l'homme
bien né qui sait toujours s'immoler aux convenances sociales, et il retombait dans sa
taciturnité ordinaire ; seulement on remarquait que son regard grave et méditatif était
toujours fixé sur Elisa, et qu'elle semblait
absorber toute son attention.

La jeune fille, libre de la gêne affreuse
qu'elle devait s'imposer en présence de son
père et de la gouvernante, pouvait, dans ce
petit cercle de trois personnes dont elle s'était
fait des amis, se livrer avec candeur à ses
impressions, laiassut voir toutes les facultés
nobles et gracieuses dont la nature l'avait
douée et qu'avait développées une excel-

lente éducation. Elle se livrait sans contrainte à sa gaieté naturelle, à cette fraîcheur
de sentiments et de pensée qui est le propre
de la jeunesse, et parfois, sous ce gracieux
babil de jeune fille, elle laissait entrevoir
le jugement droit, le pressentiment de la
réalité, la justesse de vues qui caractérisent
une haute intelligence. L'artiste et sa femme
raffolaient de la conversation de leur jeune
amie, et s'étonnaient à bon droit de la supé-
riorité précoce de la charmante enfant; ils ne
tarissaient pas d'éloges sur ses talents, sur ses
qualités de cœur, sur son esprit. Moreau, seul
dans son coin, ne mêlait pas sa voix aux compliments dont on accablait Elisa Bambriquet
à chaque perfection nouvelle que ses hôtes
venaient à découvrir; seulement il approu-
vait d'un signe de tête froid et silencieux ces

éloges enthousiastes, mais de telle sorte qu'on pouvait à la rigueur n'attribuer qu'à la politesse l'assentiment qu'il leur donnait.

Si donc l'espèce d'attraction que la charmante Elisa exerçait sur tout ce qui l'approchait s'était étendue à M. Moreau, il faut avouer que cet homme mystérieux avait une manière particulière de sentir ; on n'était pas plus maussade, plus austère et plus triste. Cependant, malgré cette bizarrerie d'humeur qui eût inspiré de l'aversion à une femme ordinaire, Elisa n'éprouvait aucune répugnance pour cet homme étrange qui passait des soirées entières à l'écouter et à la contempler en silence. Elle soupçonnait sans doute que dans cette réserve mystérieuse, dans cette méditation muette, il y avait peut-être plus d'admiration, d'affection réelles que dans

les expansives démonstrations des autres personnes. Elle sentait instinctivement qu'il devait se passer dans la conscience impénétra-
ble de l'étranger quelque lutte étrange qui
absorbait toutes ses facultés, et elle était pleine
de respect pour ces secrets intérieurs où se
cachait peut-être quelque noble et puissante
douleur.

Quoi qu'il en soit, voici comment se pas-
saient à peu près toutes les soirées chez Salviac : aussitôt après le départ de son père,
Elisa montait nu-tête et en négligé chez ses
bons voisins. Presque aussitôt, sans qu'on sût
précisément comment cela se faisait, le pas
grave de M. Moreau retentissait dans l'escalier, et bientôt on le voyait lui-même entrer
dans le salon. Après les compliments d'u-
sage, il prenait sa place, toujours dans le

même fauteuil, en face de la charmante
jeune fille. On causait, on dessinait, on faisait de la musique. A dix heures, la portière
montait avertir Elisa que mademoiselle Lapiquette était rentrée; aussitôt la petite em-
brassait en soupirant Cécile, saluait Salviac
et Moreau, et se retirait. Cinq minutes après,
Moreau devenait inquiet; il s'agitait sur sa
chaise, adressait quelques phrases banales
aux deux époux, et se retirait en s'excu-
sant d'un air distrait de les avoir importunés
si longtemps.

L'inexplicable conduite de Moreau n'avait
pas échappé à madame de Salviac, si bien
qu'elle disait parfois à son mari en hochant
sa blonde tête:

— Vois-tu, mon ami, ou je me trompe

fort, ou notre mystérieux voisin aime déjà la petite Elisa!

— Lui! répliquait l'artiste en souriant, je croirais plutôt que l'ours des Alpes est devenu tout à coup amoureux du rossignol... Il n'a pas adressé une seule fois la parole à la petite depuis qu'il la connaît. Veux-tu que je te dise ma pensée sur ce brave garçon dont nous voulons faire à toute force une espèce de tyran de mélodrame? C'est tout simplement un homme ennuyé qui ne sait comment employer son temps, son esprit et son argent; ses visites de chaque soir ne sont qu'une occasion pour lui de dépenser ce qu'il a de trop.

— Patience, mon ami, répliquait la jeune femme en souriant finement, nous verrons bien qui aura raison.

Voilà donc où en étaient les choses, lorsqu'un soir M. Moreau arriva un peu plus tard que de coutume. Il venait de dehors, et le cheval du cabriolet de remise qui l'avait ramené était couvert de sueur. Il passa rapidement devant la loge du portier, gravit l'escalier avec une précipitation toute juvénile et alla sonner à la porte de Salviac.

CHAPITRE XII.

XII

Au moment où l'on annonça le visiteur, Cécile était seule dans le salon. Une grande lampe Carcel, posée sur un meuble, éclairait d'une blanche et douce clarté les bronzes, les dorures, les tapis élégants qui étalaient sur

le plancher leurs couleurs fraîches et brillantes. Moreau promena un regard rapide
autour de lui, et une légère expression de
chagrin se peignit sur ses traits en s'apercevant qu'Élisa ne se trouvait pas à leur innocent rendez-vous de chaque soir. Cependant
il se contint et s'avança vers la maîtresse de
la maison pour la saluer.

— Arrivez donc, mon cher voisin, dit la
jeune femme de sa voix argentine et joyeuse;
en vérité je tremblais que vous ne vinssiez
pas et que vous ne me laissiez toute seule avec
ma gaieté et mes bonnes nouvelles... Je dis
seule, car je pense que cette pauvre Élisa ne
pourra monter ce soir.

— Elle ne viendra pas? demanda Moreau
en tressaillant.

— Je le crains bien; mais veuillez vous

asseoir (et par un geste gracieux elle lui désigna un fauteuil en face d'elle). Je vous dirai tout à l'heure ce que j'ai appris de cette
pauvre petite ; mais avant tout je suis dans
l'impatience de vous faire part d'un événement qui nous comble de joie, Édouard et
moi, et auquel, à tort ou à raison, j'imagine
que vous n'êtes pas étranger.

— Moi, madame? dit Moreau, d'un air
distrait et rêveur.

— Oui, vous-même, répliqua Cécile en
attachant sur lui son œil fin et pétillant de
malice. Vous ne devinez pas de quoi il s'agit?

— Non, je vous assure.

— Allons, je vois, dit la jeune femme
d'un petit ton boudeur, ou que je me suis
trompée, ou que vous avez des motifs par-
ticuliers pour... Eh bien, sachez donc que

mon mari a reçu aujourd'hui une lettre
charmante de l'ambassadeur ; on lui annonce officiellement qu'il est chargé du monument de Dresde, et on l'invite à s'occuper
promptement de l'exécution. A travers les
formules diplomatiques, M. de Salviac a
cru démêler qu'il devait cette faveur à quelque recommandation puissante, et comme
la personne dont il comptait employer le
crédit est encore absente de Paris...

— M. de Salviac a tort d'attribuer à une
autre cause qu'à son propre mérite la préférence de l'ambassadeur, dit Moreau avec un
grand sangfroid en s'inclinant légèrement.

La jeune femme l'examinait toujours avec
une espèce de défiance.

— Enfin, reprit-elle, quel que soit l'auteur de cette glorieuse préférence, toujours

est-il qu'Édouard est dans le ravissement...
Cette commande d'un grand monument
national lui permettra d'exécuter certains
projets d'art qu'il mûrit depuis longtemps...
Oh! il fera une œuvre magnifique et gran-
diose, j'en suis sûre!... Il est dans ce moment chez l'ambassadeur pour s'entendre
avec lui sur le plan définitif, et sans doute
saura à quoi s'en tenir sur son protecteur
inconnu...

Moreau avait écouté d'un air poli le gai
babillage de Cécile; mais on pouvait juger
à l'expression forcée de son visage, à l'espèce d'égarement qui se montrait dans ses
yeux, que sa pensée était occupée de tout
autre chose. Il reprit cependant avec une
sorte de gravité mélancolique :

— Je suis heureux, madame, qu'au moment de vous quitter et d'interrompre des relations qui ont été si douces pour moi, vous soyez, vous et M. de Salviac, au comble de vos vœux; ce sera pour moi une compensation au chagrin de cette séparation.

— Comment! serait-il possible? demanda la femme de l'artiste avec étonnement; songeriez-vous réellement à partir?

— Demain matin j'aurai quitté cette maison, et j'étais venu vous faire mes adieux, à vous et... à M. de Salviac.

— Mais votre absence ne peut pas être longue? vous reviendrez à Paris, nous nous reverrons sans doute....

— Peut-être, dit Moreau à demi-voix.

Un moment de silence s'ensuivit. Madame de Salviac avait pris sa tapisserie pour se donner une contenance, et observait l'étranger à la dérobée. Moreau, triste et morne, avait laissé son front tomber sur sa poitrine.

— Homme singulier ! dit-elle enfin d'un ton de familiarité et d'intérêt, votre départ sera aussi mystérieux pour nous que tout le reste de ce qui vous concerne. Vous avez donc des raisons bien impérieuses pour pré- cipiter ainsi ce départ ?

— Oui, oui, j'en ai, répliqua Moreau avec agitation ; aujourd'hui j'ai appris que des affaires importantes réclamaient ma pré- sence... Je suis resté trop longtemps. Un lien fatal, irrésistible m'attachait ici et me faisait tout oublier... Des devoirs impérieux, à l'ac- complissement desquels j'ai consacré ma vie, m'appellent ailleurs. Oui, oui, il est temps ; peut-être plus tard je n'aurais plus ni la force ni le courage !

Ces dernières paroles furent prononcées d'une voix altérée et légèrement tremblante. Moreau remarqua l'étonnement qui se montrait sur le frais visage de Cécile.

— Vous ne me connaissez pas, ajouta-t-il sans chercher à dissimuler l'émotion profonde à laquelle il était en proie, mais un jour... bientôt peut-être... vous saurez mon secret; vous saurez quelle vie de luttes et d'étranges retours il m'a fallu accepter, et alors, comme vous êtes bonne et compatissante, vous me plaindrez, j'en suis sûr.

Il y eut encore une pause.

— Je sympathise déjà avec vos chagrins, reprit la jeune femme avec douceur, car je suis convaincue qu'ils proviennent d'une noble cause. Édouard et moi nous nous sommes bien souvent entretenus de vous, et quoique nous sachions à peine qui vous êtes, votre conduite a été si délicate et si généreuse dans une circonstance récente que nous ne sommes pas près de vous oublier, malgré votre facilité à vous détacher de vos nouveaux amis. Vous laisserez ici un grand vide, monsieur Moreau, et mon mari et moi nous ne serons peut-être pas les seuls à regretter votre absence.

— Eh! qui donc, madame, pourrait encore...

— Vous oubliez cette pauvre petite Élisa, qui vous voyait ici chaque soir, dit Cécile avec une froideur étudiée en reprenant son ouvrage. Cette chère enfant a trop peu d'amis pour ne pas remarquer l'éloignement de ceux qu'elle a.

Moreau fit un bond sur son siége.

— Quoi ! madame, s'écria-t-il avec vivacité, vous croyez que mademoiselle... (on
eût dit qu'il répugnait à Moreau de donner à
la charmante enfant le nom trivial de Bambriquet), vous croyez que votre jeune amie
pourra s'apercevoir que je ne suis plus là ?
Et cependant, continua-t-il avec amertume,
que suis-je pour elle, sinon un inconnu triste
et morose, qui ne lui a jamais adresssé ni un
compliment ni un mot du cœur ! Comment
ai-je mérité qu'elle conserve de moi un sou-
venir, ne fût-il que d'un jour, ne fût-il que
d'une heure ? Je me suis fait aveugle et sourd
pour ne pas admirer ses perfections et ses
grâces, et si elle a laissé tomber sur moi un
regard, ce n'a été qu'un regard d'indifférence et de dédain !

Et il ajouta tout bas en soupirant :

— Oui, oui, j'ai bien joué mon pénible rôle !

— Eh bien, reprit Cécile gravement, si Élisa est trop jeune et trop peu expérimentée pour reconnaître l'intérêt profond, quoique silencieux, que vous lui portez, je l'ai remarqué, moi, son amie, et je regrette que vous vous éloigniez dans un moment où cette chère petite pourra avoir besoin de tous ceux qui s'intéressent à elle... elle est déjà bien malheureuse, et la confidence qu'elle m'a faite aujourd'hui...

— Une confidence ! répéta Moreau dont les yeux pétillaient d'impatience.

— Oui... elle commence à entrevoir un bien triste avenir... Imaginez que le vieux Bambriquet est si fort entiché de sa grosse servante qu'il lui laisse plein pouvoir dans la maison, et qu'Élisa elle-même est obligée de subir tous les caprices de cette ignoble femme. Je soupçonne, je vous l'avoue, que la présence d'Élisa les gêne, et tout fait supposer que la pauvre enfant sera sacrifiée au premier grimaud qui se présentera pour l'épouser. En vérité, continua Cécile en jetant un regard oblique sur son interlocuteur, mais en affectant toujours la plus profonde indifférence, il serait heureux que quelque honnête garçon devînt amoureux d'elle, et, si modeste que fût sa fortune, il n'aurait qu'à se déclarer.; Bambriquet et sa servante ont un si grand désir de se débarrasser de la jeune fille qu'ils ne songeraient pas à faire des difficultés sérieuses, j'en suis sûre.

Madame de Salviac se tut, attendant que son auditeur manifestât son opinion sur l'insinuation mystérieuse que contenaient ses paroles. Mais, à son grand étonnement, Moreau ne répondit pas et détourna la tête comme pour cacher l'émotion qui se montrait sur son visage. Cécile vit qu'elle devait frapper un grand coup, et elle continua :

— Toujours est-il que cette méchante créature qu'on appelle, je crois, Lapiquette, s'est mise dans la tête de trouver un mari pour la fille de son maître, et ce soir même elle présente à Élisa son fiancé... C'est pour cela qu'elle n'a pu venir passer la soirée avec nous.

— Serait-il possible ? s'écria Moreau avec violence.

— Enfin ! murmura la jeune femme en souriant.

Puis donnant à ses traits une expression grave et dolente :

— Cela vous indigne, n'est-ce pas ? car vous devez bien supposer ce que peut être un prétendu choisi par cette créature : savez-vous qu'elle serait capable d'employer la force si Élisa osait résister à ses volontés...

— Mais son père, ce monsieur... Bambriquet, ne permettra pas qu'une servante débauchée dispose ainsi du sort de son enfant. Il aime sa fille, et je l'ai vu moi-même la défendre contre cette abominable gouvernante. Il ne souffrira pas...

— Bambriquet, après avoir montré un peu de fermeté dans le commencement, est retombé entièrement sous le joug de cette demoiselle Lapiquette, et il n'osera la contrarier... Depuis quelques jours surtout elle

semble avoir pris plus d'empire que jamais,
et le vieux fou la laissera faire. D'ailleurs il
s'absente une partie des nuits et souvent le
jour ; il faut bien qu'il s'en rapporte à quelqu'un des soins de son intérieur. Il a déclaré
aujourd'hui à Élisa qu'elle eût à obéir à sa
gouvernante comme à lui-même, et il lui
a annoncé qu'elle eût à recevoir convenablement le prétendu que Lapiquette devait lui
présenter ce soir... La pauvre fille en me
contant tout cela pleurait à chaudes larmes.

— Elle pleurait !

— Oui, et sans doute qu'elle fait assez
triste mine à l'amoureux qui est en ce moment auprès d'elle ; je suis sûre qu'elle ai-
merait beaucoup mieux être ici avec nous,
la bonne chère enfant !

Moreau gardait toujours un silence obs-

tiné ; peut–être s'était-il aperçu que madame
de Salviac en lui faisant toutes ces révélations
avait l'intention de le forcer à s'expliquer.
Quoi qu'il en soit, il dit avec une sorte de dureté, après une pause :

— Et pourquoi donc, madame, déplorer
à l'avance le sort de cette jeune fille ? Par
respect pour son maître, la gouvernante ne
peut avoir fait un choix trop indigne d'Élisa ;
et alors pourquoi mademoiselle Bambriquet
ne verrait-elle pas d'un œil favorable le prétendu qu'on doit lui présenter ? Quoiqu'elle
ait reçu une éducation distinguée, elle ne peut
avoir conçu un mépris absolu pour des personnes qui, après tout, sont de sa classe ; serait-il
donc impossible qu'elle rencontrât quelque
homme honorable, probe dans son obscurité, capable enfin de faire son bonheur ?

Evidemment ces paroles étaient arrachées à celui qui parlait par une vive et profonde torture morale ; il se roidissait en ce moment contre quelque idée poignante et fatale ; mais Cécile, piquée de l'affectation de son interlocuteur à ne pas la comprendre, lui dit en haussant les épaules :

—Vous croyez ?... au fait ce serait bien possible ! J'avais supposé à certains signes que la pauvre Élisa devait trouver en vous un ami plus dévoué... mais je me suis trompée sans doute ; Élisa devra chercher un mari dans sa *classe* (elle appuya malicieusement sur le mot), puisque, d'après vos idées, le salon n'est pas fait pour elle.

—Vous êtes impitoyable, madame, dit Moreau avec plus de franchise qu'auparavant ; oubliez ces paroles amères que vous n'avez

pu croire sincères. Eh bien, je ne vous ca-
cherai pas que j'aime cette jeune fille, car
aussi bien vous l'avez déjà deviné. Mais à
présent que vous m'avez amené à cet aveu,
il faut que vous sachiez qu'un abîme infran-
chissable nous sépare elle et moi..

— Un abîme! Mais expliquez-moi...

— Oh! je vous en prie, madame, ne m'in-
terrogez pas! Je vous ai dit que bientôt peut-
être vous sauriez tout; mais en ce moment
ma volonté est si chancelante que je n'aurais
pas la force de vous résister dans le cas où
vous désapprouveriez les motifs qui me font
agir. Laissez-moi tout mon courage, je sens
que j'en aurai besoin.

Madame de Salviac n'insista pas.

— Il suffit, monsieur, dit-elle sèchement,

je ne chercherai pas à pénétrer vos secrets
contre votre aveu.

Moreau resta pensif et muet pendant un
moment; ses traits nobles et réguliers pré-
sentaient une profonde altération.

CHAPITRE XIII.

XIII

— Avouez-le, madame, dit-il enfin d'une
voix brève, sur je ne sais quelles suppositions
vous avez pris une haute opinion de mon
crédit, de mon influence dans le monde, et
vous vous êtes exagéré l'importance des ser-

I.   17

vices que je pourrais rendre à cette malheureuse jeune fille... Eh bien, j'ai compris
comme vous que son sort doit être horrible.
Belle, honnête, intelligente, pleine de délicatesse et de talents, on l'a plongée dans
une atmosphère d'égoïsme, de bassesse,
d'immoralité ; on tuera son âme, on dessé-
chera ses nobles facultés... Dans l'ignoble
but de se débarrasser d'elle, on la sacrifiera
à quelque misérable de bas lieu, qui ne verra
en elle que l'objet d'une vile spéculation... Ce
sont des crimes cela, mais des crimes dont la
répression n'est pas écrite dans les codes. Un
père, par faiblesse et par lâcheté, peut cor-
rompre sa fille par le mauvais exemple, la
sacrifier à son égoïsme, à ses intérêts, qu'importe cela ? Que peut faire un homme, un
particulier, contre cet état de choses ? Aucun

pouvoir au monde osera-t-il, dans l'état actuel de nos institutions, s'attaquer à la pater-
nité et à ses droits reconnus imprescriptibles?
Que pourrais-je plus qu'un autre, moi qui
ne suis rien ? Laissez, laissez faire, madame ;
qu'importent les cris de ces quelques victimes
écrasées sous le char triomphal de notre société modèle ! Le bras d'un géant serait im-
puissant à l'arrêter.

Ces dernières paroles furent prononcées avec amertume et ironie ; on recon-
naissait le misanthrope dont les griefs
contre la société ont été récemment exaltés
par la double influence de la souffrance et
de la méditation. Il continua d'un ton sombre mais plus calme :

— D'ailleurs, quel intérêt aurais-je, moi,
pauvre solitaire, obscur bourgeois, à me

faire le champion d'une jeune fille opprimée par ceux qui ont sur elle un droit légitime? Comme un autre, plus qu'un autre peut-être, j'ai admiré ses perfections, aimé ses nobles qualités; mais de quel droit viendrais-je la défendre, contre son gré peut-être? Elle n'est pour moi qu'une étrangère; je l'aime, mais elle ne m'aime pas. Je n'ai plus qu'à l'oublier, voilà tout ce que je lui dois.

— Êtes-vous bien sûr, monsieur, dit Cécile, emportée peut-être malgré elle par cette obstination de Moreau à ne pas la comprendre, êtes-vous bien sûr que celle dont nous parlons n'a pas plus de droits que toute autre à votre intérêt? êtes-vous bien sûr qu'elle ne choisirait pas votre appui de préférence à...

— Serait-il possible! s'écria Moreau impétúeusement. De grâce, madame, est-ce qu'elle vous aurait dit... est-ce qu'elle vous aurait fait entendre...

— Elle ne m'a rien avoué, elle ne m'a rien fait entendre, je vous l'assure, monsieur ; mais j'ai pu lire peut-être dans le cœur de cette naïve enfant, et il m'a semblé...

— Assez, par pitié, ne m'en dites pas davantage... Bien que cette supposition soit absurde, elle ne ferait qu'augmenter mon désespoir... Je ne dois pas rester ici un instant de plus.

Cette fois l'accent de Moreau était si profond, si déchirant, que la femme de l'artiste se sentit émue. Elle se leva et elle dit à demi-voix et les yeux pleins de larmes :

—Eh bien, puisqu'il le faut, partez...

partez avec votre secret... Malgré certains instincts d'égoïsme et de dureté qui percent dans vos paroles, je suis sûre que vous êtes plus à plaindre qu'à blâmer.

— Oui, vous avez raison ; je suis un martyr... martyr d'une conviction, d'un devoir, d'un préjugé peut-être ; mais il faut que mon sort s'accomplisse ! Allons, adieu, adieu, madame ; nous nous reverrons, et alors...

—Mais vous n'allez pas partir à l'instant... Édouard ne pourra-t-il vous serrer la main avant votre départ ?

— Je n'attendrai pas un instant, pas une minute... Qui me répondrait de mon courage, de ma résolution, si je passais encore une nuit ici dans la solitude ? Non, il le faut... une voiture m'attend en bas... Mes ordres sont donnés pour que l'on vienne chercher demain le peu de meubles que je laisse ici ; aucun misérable intérêt matériel ne pourra me rappeler dans cette maison où je laisse le repos de ma vie...

— Et vous n'aurez pas même un mot d'adieu pour... pour *elle* ?

— Cruelle femme ! dit Moreau avec un accent de reproche et en s'arrêtant tout à coup ; pourquoi vous faire un jeu de mes souffrances et retourner ainsi le couteau dans la plaie ?

— C'est que peut-être j'avais conçu des projets de bonheur pour deux personnes que j'aime et que j'estime également, et je crains qu'une erreur, une fausse honte ne les ait fait manquer.

— Merci, merci, madame, dit Moreau en portant à ses lèvres la main de Cécile ; eh bien, dites-lui... dites-lui qu'elle m'oublie...

En même temps il se dirigea brusquement vers la porte.

L'intérêt puissant de cette conversation pour les deux interlocuteurs les avait empêchés d'entendre jusqu'à ce moment un bruit confus de voix et des cris perçants qui retentissaient dans la maison; mais lorsque Moreau s'avança pour sortir, ces clameurs devinrent plus distinctes, et on reconnut clairement qu'elles partaient du corps de logis habité par Bambriquet.

Moreau resta immobile, une main appuyée contre la porte entr'ouverte, les yeux tournés vers madame de Salviac: celle-ci, penchée en avant, le cou tendu, écoutait aussi cette rumeur singulière qui bientôt se fit entendre dans la cour. Alors on reconnut plusieurs voix confuses que dominait une voix claire et perçante.

— C'est la voix d'Élisa! s'écria Cécile en tressaillant. Mon Dieu! que se passe-t-il donc?

Moreau ne fit pas un mouvement; il était d'une pâleur effrayante.

— Oui, c'est bien elle, reprit la jeune femme après avoir écouté de nouveau; on dirait qu'elle appelle au secours... Mais le bruit se rapproche, on monte dans l'escalier, on vient ici...

Pendant qu'elle parlait encore, on entra brusquement dans l'antichambre dont la porte extérieure était restée ouverte, puis cette porte se referma avec violence, comme si la personne qui venait d'entrer eût craint d'être poursuivie.

Tout à coup Élisa, pâle, nu-tête, les cheveux en désordre, l'œil égaré, se précipita dans le salon en s'écriant d'une voix haletante :

— A mon secours !... Cécile, mes amis... défendez-moi... protégez-moi... ils me poursuivent... Je me meurs !

Madame de Salviac n'eut que le temps de s'avancer pour la recevoir, et elle tomba évanouie dans ses bras.

CHAPITRE XIV.

XIV

Revenons maintenant un peu en arrière et voyons ce qui s'était passé chez Bambriquet.

Depuis quelques jours déjà, Élisa avait pu remarquer un changement notable dans les manières de son père et dans celles de la gouvernante. Le vieillard prenait avec elle un ton paternel et caressant qui ne lui était pas ordinaire; il ne lui parlait que par sentences et souvent il semblait faire allusion à quelque grand événement prochain dont elle ne devait pas encore apprendre le secret; de son côté, mademoiselle Lapiquette s'était brusquement radoucie avec la fille de son maître; elle avait fait trêve aux tracasseries insupportables dont la pauvre enfant était la victime; sa figure était moins maussade, sa voix était devenue mielleuse, et elle se montrait presque polie envers la jeune demoiselle. Ces brusques transformations eussent été de sinistre augure pour une personne plus expérimentée que la jeune pensionnaire, mais Élisa n'y vit rien qui dût l'alarmer et s'en réjouit naïvement, sans en comprendre et sans même en rechercher les causes.

Le matin du jour où elle s'était vue forcée de se réfugier chez madame de Salviac, au moment où elle achevait gaiement sa toilette en fredonnant une cavatine nouvelle, son père entra dans sa petite chambre. Bambriquet était vêtu déjà de son costume de cérémonie : habit noir, cravatte blanche brodée, à rosette volumineuse : sa démarche était lente, grave ; ses traits avaient une expression pédantesque et guindée.

Élisa, toute surprise de cette visite de son père qui ne l'avait pas habituée à de pareilles attentions, poussa un cri de plaisir et courut l'embrasser.

— J'ai à te parler, Lisa, dit le vieillard avec emphase, à toi seule... en particulier.

L'accent presque sépulcral que Bambriquet prenait sans doute pour le ton de la dignité, glaça la jeune fille et fit disparaître le
sourire qui se jouait sur ses lèvres.

— Bon Dieu! mon père, comme vous me
dites ça, demanda-t-elle effrayée; qu'allez-
vous donc m'apprendre?

L'ancien chiffonnier s'assit dans l'unique
fauteuil qui décorait la chambrette, conjoin-
tement avec quelques chaises de paille; puis
il toussa, cracha, se moucha, et levant enfin
les yeux sur sa fille qui restait debout et tout
effarée en face de lui, il reprit d'un ton de
prédicateur :

— C'est un beau jour, ma fille, que celui
que... celui qui... celui enfin où un père va
assurer le bonheur de son enfant. Ce beau
jour est venu pour toi, pour moi, pour nous

deux, et je compte bientôt remercier le ciel
d'avoir comblé tous nos vœux.

Cette harangue burlesque et passablement
obscure n'exigeait jusque-là aucune réponse ;
cependant Bambriquet s'arrêta, soit pour
donner à sa fille le temps d'admirer son élo-
quence, soit pour préparer une nouvelle bor-
dée de fleurs de rhétorique.

— Mon père, reprit Élisa timidement,
dites-moi tout simplement ce que vous dési-
rez de moi, et je m'empresserai...

— Laisse donc, ne m'interromps pas,
répliqua le bonhomme de sa voix ordinaire,
je ne veux pas que tu prennes ton père pour
un *colas* qui ne sait pas tourner les choses
comme il faut dans les grandes occasions...
Oui, ma fille, continua-t-il avec le même
accent déclamatoire, ton bonheur m'occupe

I.   18

sans cesse, le jour, la nuit, toujours ; et il occupe encore une autre personne que tu as méconnue, pour qui tu as été ingrate, et qui se venge en te comblant de bienfaits... Tu sais de qui je veux parler ?

Cette allusion à la gouvernante commença à faire réfléchir la pauvre Élisa. Elle soupçonna quelque méchant tour de sa persécutrice.

— Mon père, dit-elle, quel intérêt la personne dont vous parlez peut-elle avoir à...

— Quel intérêt ! s'écria Bambriquet attendri, en levant les yeux au ciel ; n'a-t-elle pas toujours été dévouée à ma personne et à ma famille ? Chère et digne femme ! je lui devrai encore le bonheur de ma fille, de mon unique enfant... car il faut que tu saches,

Lisa, que c'est Jeanneton qui a trouvé pour toi ce brillant parti.

— Quel parti? Vous voulez me marier? s'écria Élisa en pâlissant.

— Oui, ma fille; est-ce que je ne te l'ai pas déjà dit? Eh bien, sache-le donc, il se présente pour toi un magnifique mariage, un homme comme il faut, un cavalier superbe, qui a de quoi; et c'est cette bonne Jeanneton qui a découvert ce trésor! Ah! ma fille, si j'étais à ta place, j'irais bien vite sauter au cou de cette excellente personne et je l'embrasserais de bon cœur en lui demandant pardon pour le passé.

Élisa était consternée, mais l'étrange insinuation de Bambriquet lui rendit la voix.

— Un moment, mon père, dit-elle vivement, ma reconnaissance pourrait ne pas

aller aussi loin pour les bons offices de votre
gouvernante... Je n'ai aucune envie de me
marier.

— Allons donc ! toutes les jeunes filles ne
disent-elles pas cela?

— Mais moi, je le pense sincèrement,
mon père. Oh ! de grâce! renoncez à ce projet ; pourquoi vouloir m'éloigner encore? Je
suis si heureuse de me trouver près de vous,
quoique vous me brusquiez quelquefois ! Je
suis sûre que vous m'aimez au fond de votre
cœur ; et moi, je vous aime tant ! Oh ! ne me
forcez pas à vous quitter, je vous en prie...
Vous commencez à devenir vieux, mon
père; bientôt les infirmités vont arriver, gar-
dez-moi près de vous ; je vous soignerai avec
tant de zèle, tant d'affection !

Et elle fondit en larmes. Bambriquet ne

parut pas remarquer cette explosion de ten-
dresse filiale.

— Oh ! le zèle et l'affection ne me manqueront pas, va ! dit-il avec vivacité. N'ai-
je pas cette pauvre Lapiquette qui se ferait
tuer pour moi ? En voilà une qui s'entend
joliment à soigner les malades ! Il y a deux
ans, lors de cette pleurésie qui a failli
m'emporter, elle ne quittait ni jour ni nuit
le chevet de mon lit ; fallait voir ! Elle connaissait ma maladie mieux que le médecin,
et elle m'a vraiment sauvé la vie... aussi je
la récompenserai ; oui, de par tous les diables, elle sera récompensée... et aussitôt que
tu seras mariée toi-même, sans attendre davantage... Toujours est-il, petite, que tu
n'auras pas besoin de t'occuper de moi pour
l'avenir ! je serai comme un coq en pâte

pendant le reste de mes jours... Et pour en revenir à notre affaire, quand tu connaîtras le mari que je te destine...

—Oh! par pitié, n'insistez pas... j'ai une aversion profonde pour le mariage. Je veux rester près de vous ; si je vous quittais, je serais malheureuse, et n'est-ce pas, mon père, que vous ne voudriez pas me savoir malheureuse ?

— Malheureuse ? mais au contraire, c'est ton bonheur que je veux assurer, petite sotte, et tu me remercieras plus tard de n'avoir pas écouté tes jérémiades ; car enfin, pour que tu le saches, ton futur est à l'aise ; il a cent vingt mille francs en actions sur la compagnie du..... de la..... Enfin je ne me souviens pas du nom de la compagnie, mais c'est une entreprise magnifique, qui donne huit pour cent; j'ai vu les titres, et tout est parfaitement en règle. C'est donc environ dix mille francs de rentes que t'apportera ton futur; moi, de mon côté, je te donnerai une dot équivalente, c'est-à-dire deux cent mille francs comptant, et, avec vingt mille francs de rente, vous pourrez faire une belle figure dans Paris... D'ailleurs, si vous êtes bien gentils avec moi l'un et l'autre, je trouverai bien moyen d'augmenter vos revenus; j'ai gagné de l'argent, ma fille, j'en ai gagné beaucoup; j'en gagne tous les jours, et, pour que tu ne manques pas un si bon parti, je ferais des sacrifices énormes... oui, ma foi, je doublerais la dot, je la triplerais... c'est-à-dire si je le pouvais sans me dépouiller de tout.

—Mon père, s'écria la jeune fille, je sais

combien vous seriez disposé à faire de sacrifices pour assurer mon bonheur, mais je
vous prie instamment...

—Laisse donc, je ne t'ai parlé encore que
de la fortune de ton futur, car enfin, tu sens
que je suis pour le positif, moi ; mais il me
reste à te parler du futur lui-même, et j'ai
gardé le plus beau pour la fin ; ce sera
comme le bouquet d'un feu d'artifice... Tu
t'imagines peut-être que je t'amène quelque
vieux pataud de mari, bête, lourd, sans éducation et de basse condition... oh ! que nenni,
ma chère. C'est un noble, et de la vieille ro-
che encore ; il s'appelle *mossieur* de Saint-
Julien... Hein ! petite, en voilà un nom du
grand genre ! s'appeler madame Élisa de
Saint-Julien ! et puis ce n'est pas non plus
le premier noble venu : celui-là est, c'est-à-

dire a été militaire... Il était capitaine dans la garde royale avant 1830, non pas, continua Bambriquet avec un profond dédain, un de ces capitaines roturiers qui sortent des écoles ou qui arrivent à ce grade par leurs services, c'est trop commun, cela, on trouve cela partout. Non, non, le capitaine Henri de Saint-Julien (car on lui donne encore ce titre de capitaine) avoue modestement lui-même qu'il devait son grade à la protection : il paraît que les Bourbons aimaient énormément sa famille ; aussi il est carliste, faut voir ! c'est d'une blancheur de neige, quoi ! Après la révolution de juillet, le gouvernement actuel a fait tout ce qu'il a pu pour avoir le capitaine Saint-Julien, on a employé toutes sortes de promesses et de ruses ; mais, votre serviteur ! le capitaine Saint-Julien est au-

dessus de ça... Il vous a fait la nique aux
ministres qui avaient un pied de nez, et il a
brisé son épée.

Cette expression de *briser son épée* parut
si belle et si poétique à Bambriquet qu'il jugea à propos de s'arrêter un moment pour
permettre à sa fille de la savourer à loisir.
Mais la pauvre enfant s'était caché le visage
dans ses mains, et les sanglots la suffoquaient.

CHAPITRE XV.

XV

— Après avoir brisé son épée, reprit Bambriquet avec emphase, le capitaine est rentré
dans le civil, et... mais, continua-t-il en souriant, je crois que tu ne m'écoutes pas; ah!
je comprends, ce n'est pas tout cela qui t'in-

téresse, petite curieuse? ce que tu voudrais savoir, c'est si ton futur est jeune, leste, bien tourné... Eh bien, rassure-toi; un Adonis! ma chère, un véritable Adonis! Ça vous a un air gentilhomme, et des manières, et un langage! Ça sent l'homme de cour à trois lieues à la ronde. Quant à l'âge, il a bien trente-cinq ans peut-être; mais il est si bien tenu, si élégant, si coquet qu'on ne lui en donnerait pas plus de trente. De plus, il t'a aperçue l'autre dimanche au moment où tu allais à la messe avec Jeanneton, et il est devenu amoureux de toi à en perdre la tête. Enfin tu me diras ce soir des nouvelles de ton prétendu, car tu le verras aujourd'hui même.

— Aujourd'hui! répéta Élisa avec effroi.

— Oui, mon enfant, tout est convenu,

arrangé, et il ne reste plus que ton consen-
tement à donner ; je suis sûr que tu ne le re-
fuseras pas lorsque tu connaîtras le capitaine
Henri de Saint-Julien : aussi je veux que
dans quinze jours ce soit une affaire bâclée...
Ce soir il vient dîner ici avec un de ses amis,
un ancien militaire qui lui sert de mentor et
qui ne le quitte jamais ; ils sont ensemble
comme les deux doigts de la main. Tu comprends que je n'ai pu m'empêcher d'inviter
ce M. Joli-Cœur, c'est ainsi qu'il s'appelle,
d'autant plus qu'il est un peu parent à ma
chère Jeanneton : aussi, pour cette fois,
la bonne fille dînera à table avec nous,
et ce sera madame Trichard, la portière, qui
nous servira.

— Mais, mon père...

— Eh bien, quoi ? ça t'étonne que ma-

demoiselle Lapiquette mange à table avec
nous ? il faudra bien que tu t'habitues à cela
et à d'autres choses encore... il ne faut pas
être si fière, petite ; que diable, tu n'es pas
née non plus dans un palais ! d'ailleurs, tu
sais bien qu'après dîner je serai obligé de
sortir, comme je le fais tous les soirs, pour
aller... à mes affaires. Ces messieurs passeront
la soirée avec toi, et il faudra bien que quelqu'un te serve de chaperon ; ta pauvre mère
eût été bien contente si elle eût pu prévoir
pour sa fille un si beau mariage... mais,
puisqu'elle n'est plus là pour te protéger et
te donner des conseils, Lapiquette fera parfaitement l'affaire ; elle a tant d'esprit et elle
a été si bien élevée !

Élisa releva la tête.

— Mon père, dit-elle avec fermeté, je vous

prie d'excuser ma hardiesse; mais il s'agit du
bonheur de ma vie, et vous ne trouverez pas
mauvais que pour la première fois ma volonté ose résister à la vôtre. Je vous prie de
me dispenser d'assister à ce dîner, car ce
mariage est impossible; je sens que je ne saurais cacher à la personne que vous devez me
présenter une invincible répugnance.

— Ah ! c'est comme cela ! dit Bambriquet
d'un ton irrité en se levant à son tour; eh
bien , je vous dis, moi, que vous l'épouse-
rez, mademoiselle, entendez-vous !... Ah !
vous me prenez peut-être pour une espèce
de papa gâteau avec qui il n'y a qu'à pleur-
nicher un peu pour le mener où l'on veut !
je vous montrerai que j'ai de la dignité, et
que quand j'ai engagé ma parole d'honneur
(car je lui ai donné ma parole d'honneur à

ce jeune homme), il n'y a plus à revenir. Voyez-vous la petite effrontée, prétendre faire la loi à son père qui a tant sacrifié d'argent pour elle ! On m'avait bien prévenu que mademoiselle prendrait des airs de princesse ; mais je suis *monté,* vois-tu, oh ! je suis *monté,* et il faudra que tu marches droit. Oui, tu viendras à ce dîner, et tu seras aimable avec le capitaine, ou sinon... Tu ne me connais pas encore ; tu verras si une morveuse comme toi me ferait peur !

Bambriquet était véritablement fort exalté, et il était évident qu'on l'avait récemment préparé à la résistance probable de sa fille. Dans une pareille disposition d'esprit, il eût été imprudent de le heurter par un refus trop absolu ; d'ailleurs un nouveau moyen de faire manquer le projet de mariage, sans

offenser le vieillard, venait de se présenter
à l'esprit d'Élisa.

— Tout annonce, pensait-elle, que le prétendant est un homme honorable, malgré
son entourage ; ce soir je le verrai, je lui
parlerai en secret ; il est gentilhomme, il est
militaire, il sera assez délicat pour ne pas
insister dans ses poursuites.

Cette réflexion la rassura un peu, et elle
répondit d'un air de résignation qu'elle assis-
terait au dîner, qu'elle ferait ses efforts pour
recevoir convenablement le capitaine Saint-
Julien, mais que c'était tout ce qu'elle pouvait promettre pour le moment.

— Et voilà tout ce que je te demande, ma
jolie petite Lisa ! s'écria l'ancien chiffonnier
aussi prompt à se calmer qu'à se mettre en
colère ; consens seulement à voir le capi-

taine, et je suis sûr de l'affaire..... Il est impossible que tu ne l'aimes pas lorsque tu
l'auras vu une seule fois, car il a tout pour
lui, ce garçon-là; oui, ma parole d'honneur, il a tout... il est beau, plein d'esprit,
il a l'usage du monde et il t'adore depuis le
jour où il t'a vue passer dans la rue. D'ailleurs,
songe donc ! un homme qui a brisé son épée
à la révolution de juillet, c'est joliment honorable cela ! et puis tu verras son ami Joli-
Cœur : en voilà un drôle de corps qui te fera
pouffer de rire ! c'est un franc et loyal militaire... Dieu ! que j'aime les militaires, moi !
J'avais rêvé d'avoir, pour gendre un of-
ficier !... Allons, voilà qui est dit, petite ;
nous dînerons à cinq heures ; aie soin d'être
prête. Ah çà ! fais un bout de toilette, mets
cette robe qui te va si bien ; que diable ! je

veux que le capitaine te trouve gentille, moi !
On n'a pas tous les jours des dîners de fian-
çailles.

Et le bonhomme se retira tout joyeux pour
aller annoncer à Lapiquette comment la vigueur de son caractère l'avait emporté sur les
répugnances de sa fille. Quant à la pauvre
enfant, après être restée un moment à pleurer dans sa petite chambre, elle monta furti-
vement chez madame de Salviac pour lui
faire la confidence de ses chagrins.

Comme on peut le croire, la journée fut
triste et pleine d'angoisses pour Élisa. Cependant jamais ni son père ni Lapiquette
n'avaient paru aussi satisfaits. Le vieux chiffonnier parcourait la maison en poussant des
éclats de rire capables de briser les vitres, et
la gouvernante avait porté la déférence pour

sa jeune maîtresse jusqu'à venir lui demander
d'un air gracieux si elle avait besoin de ses
services pour l'habiller. Mademoiselle Bambriquet accepta ; car, par une inconséquence
particulière aux femmes, elle eût été désolée
de ne pas paraître belle à cet homme dont elle
repoussait la recherche. Sa toilette achevée,
elle s'assit tristement dans sa chambre, pendant que Lapiquette de son côté était allée
mettre ses habits des grands jours, et elle ré-
fléchit profondément aux moyens d'entamer
l'explication délicate qu'elle devait avoir avec
son fiancé inconnu.

CHAPITRE XVI.

XVI

Au moment où cinq heures sonnèrent, un
fiacre entra dans la cour de la maison, et le
cocher, à qui l'on avait sans doute donné un
bon pour-boire, annonça son arrivée par d'as-
sourdissants claquements de fouet. Élisa ne

douta pas que cette voiture ne renfermât
ceux qu'elle attendait, et le cœur lui battit
avec violence. Obéissant à une irrésistible curiosité, elle souleva légèrement un coin du
rideau blanc qui ornait sa fenêtre et elle jeta
un regard furtif dans la cour.

La personne qui descendit la première du
fiacre, dès que le cocher en eut abaissé le mar-
che-pied, était un homme de moyenne taille,
tout vêtu de noir, en bottes vernies et en
gants jaunes. Cependant, quoique son costume fût irréprochable, il y avait dans tous
ses mouvements une raideur, une gêne qui
prouvaient qu'il n'avait pas l'habitude de le
porter : ses traits étaient pâles, étirés ; un col-
lier de barbe noire encadrait son visage qui
n'eût pas manqué de distinction si quelques
rides précoces n'eussent témoigné de certai-

nes habitudes de débauche. Du reste, il était mince, maigre, et rien dans sa personne ne démentait l'origine aristocratique qu'il se donnait; son œil seul avait une expression d'astuce, une mobilité d'assez mauvais augure. Malgré tout cela, mademoiselle Bambriquet ne put s'empêcher de convenir que son père n'avait pas eu tort de vanter le capitaine Saint-Julien : c'était vraiment un assez beau cavalier ; et comme les femmes sont toujours disposées à juger du caractère d'un homme sur son extérieur, la pauvre Élisa commença à espérer qu'un pareil prétendant serait incapable d'abuser des avantages qu'il avait sur elle ; sa frayeur diminua d'autant.

Pendant qu'elle faisait ces observations, un second personnage était descendu ou plutôt avait sauté à bas de la voiture avec une agi-

lité qui eût fait honneur au plus habile acro-
bate des Champs-Elysées. Ce personnage, dont
nous avons déjà entrevu la silhouette dans un
chapitre précédent, était précisément le grand
gaillard que Lapiquette se donnait pour cousin, et à qui elle faisait part de l'argent extor-
qué à l'imbécile Bambriquet. M. Joli-Cœur,
malgré les fonctions graves qu'il avait à remplir dans la circonstance actuelle, puisqu'il
venait comme ami et conseil du capitaine
Henri de Saint–Julien, portait un costume
passablement hétéroclite qui appela un sourire sur les traits malins de la jeune fille. Sa
haute taille était serrée dans un habit noir
très-court qui évidemment n'avait pas été
fait pour lui, et son gilet de velours écossais
lui couvrait à peine la moitié de la poitrine.

En revanche, son pantalon à carreaux de

diverses couleurs était d'une ampleur extraordinaire, et dès qu'il fut libre il s'empressa de
fourrer ses deux grosses mains gantées dans
les poches qui ornaient le susdit pantalon à la
hauteur des hanches. Son chapeau légèrement posé sur l'oreille donnait à sa physionomie naturellement goguenarde quelque
chose de hardi et de provoquant. Mais, lorsqu'après avoir congédié le cocher, les deux
amis se dirigèrent vers la maison, messire Joli-
Cœur jugea à propos de modifier un peu ses
allures, sans doute pour obéir à quelques paroles brèves que lui adressa le capitaine : les
mains quittèrent précipitamment les goussets,
le chapeau prit une position perpendiculaire,
et les traits gouailleurs revêtirent une expression hypocrite et presque béate. De son côté,
le capitaine se redressa, passa la main sur sa

cravate, pour affecter l'aisance, et tous les deux s'approchèrent de Bambriquet qui était venu à la porte pour les recevoir.

Élisa avait laissé retomber le rideau dès qu'elle avait vu les visiteurs se diriger vers la maison ; mais il est douteux que les imperceptibles et fugitives nuances dont nous venons de parler eussent eu la force de modifier en elle l'effet de la première impression, lors même qu'elle les eût remarquées. L'espérance venait d'entrer dans son cœur, et ce fut sans trop d'émotion qu'elle vit approcher l'heure du dîner.

Lapiquette vint enfin lui annoncer que tout était prêt et qu'on n'attendait plus qu'elle. La gouvernante avait mis pour cette solennité une robe de soie d'un rouge écarlate, et un bonnet à fleurs de coquelicot qui avait

trois fois plus d'ampleur qu'à l'ordinaire.
Avec cet équipage, elle marchait lentement
dans sa gloire et dans sa majesté. Sa figure
assez fraîche, mais commune, reflétait une
profonde satisfaction, une naïve admiration
d'elle-même. Peut-être avait-elle compté
produire une grande impression sur sa jeune
maîtresse en se montrant dans tous ses atours;
mais elle s'était trompée. Soit que l'obscurité
qui se répandait déjà dans la chambre em-
pêchât de jouir du magnifique spectacle de la
servante *déguisée en dame,* soit qu'Élisa fût
entièrement préoccupée d'elle-même, elle
se dirigea sans rien dire vers le salon où
s'était réunie la société, et Jeanneton, dés-
appointée, la suivit en grommelant.

Le couvert était mis dans cette pièce, car
Bambriquet, comme beaucoup de petits bour-

geois, ne se servait pas de sa salle à manger
par économie de bois et de lumière. Le piano,
transformé en buffet, était surchargé d'as-
siettes et de bouteilles. Outre la petite lampe
de cuivre qui était sur la table, on avait al-
lumé pour ce cas exceptionnel deux vénéra-
bles bougies qui, depuis trente ans au moins,
surmontaient les deux chandeliers de cuivre
à demeure sur la cheminée, et ce supplément
de lumières permettait de voir parfaitement,
attendu l'exiguïté de la pièce, toutes les personnes qui s'y trouvaient. Bambriquet, renversé dans son fauteuil, au coin du feu, les
jambes croisées, le chapeau sur la tête, parlait avec son emphase habituelle ; le capitaine Saint-Julien, debout, un coude appuyé
contre le support de la cheminée, une main
dans ses cheveux déjà un peu rares, attitude

évidemment copiée sur quelque jeune premier des petits théâtres du boulevard, écoutait avec un air d'attention profonde et même
de respect les phrases ampoulées de son futur beau-père. De l'autre côté de l'âtre, le
cousin Joli-Cœur occupait le fauteuil réservé
d'ordinaire à Lapiquette et semblait fort mal
à l'aise : le corps raide et perpendiculaire, il
n'osait faire aucun mouvement ; son chapeau
restait comme en équilibre sur ses genoux
violemment serrés, et ses deux mains, sans
doute par une irrésistible habitude, étaient
allées se perdre dans le gouffre béant des
poches de son pantalon : il ne prononçait
pas une parole ; seulement il riait ou approu-
vait d'un signe de tête lorsqu'il voyait rire ou
approuver son ami. Madame Trichard, la
portière, ornée d'un tablier blanc, allait et

venait pour préparer le dîner; mais elle ne perdait aucune occasion de prêter l'oreille à ce qu'on disait, et elle faisait ample provision de commérages pour le lendemain.

Quand Élisa parut, tout le monde se leva. La jeune fille était vraiment charmante avec sa robe de mérinos bleu, son canezou blanc et les bandeaux de cheveux noirs et lisses qui encadraient sa figure d'un ovale parfait. En se voyant l'objet de l'attention générale, elle s'arrêta et baissa les yeux en rougissant.

— Eh bien, avance donc, petite sotte, s'écria Bambriquet en riant aux éclats, le capitaine ne te mangera pas... N'est-ce pas, capitaine, que vous ne mangez pas comme ça les petites filles à la croque-au-sel?

Le capitaine vint au-devant d'elle et s'inclina profondément.

— Je serais bien malheureux, dit-il avec un accent pénétré, si le premier sentiment que j'inspire à mademoiselle était un sentiment de répulsion.

Ce compliment, assez convenable, et surtout le ton avec lequel il était fait, confirmèrent la jeune fille dans la bonne opinion qu'elle avait déjà conçue de son futur. Elle fixa avidement son œil noir sur l'œil du capitaine, comme pour mettre son âme en communication avec cette âme qu'elle supposait sympathique ; malheureusement le regard de l'étranger n'était pas en rapport avec ses paroles. Élisa n'y trouva qu'une expression vague de curiosité et d'astuce qui la glaça. Elle baissa de nouveau la tête et elle balbutia quelques mots de politesse banale.

Cependant Joli-Cœur s'était levé et s'éver-

tuant à saluer sans qu'on fît attention à lui.
Il en était à sa dixième inclination de corps,
lorsque Lapiquette, qui venait aussi d'entrer,
le tira brusquement par la basque de son habit, et lui dit quelques mots à voix basse. En
ce moment Bambriquet, dans son affectation ridicule des usages du monde, crut devoir présenter en règle les nouveaux venus à
sa fille.

— Tiens, Lisa, dit-il en lui désignant le
capitaine, voici M. de Saint-Julien, un digne
jeune homme; tu sais ce que je t'en ai dit...
Je suis sûr que tu le jugeras comme moi
plus tard; il y a surtout la chose d'avoir *brisé
son épée* qui est fièrement honorable!

—Monsieur, interrompit le capitaine avec
une apparente modestie, vos éloges me ren-
dent confus; je craindrais de ne pas les mé-

riter aussi bien aux yeux de mademoiselle votre fille.

— Hein! comme c'est bien dit! s'écria Bambriquet; c'est de la politesse de l'ancien régime, ça... On voit bien, capitaine, que vous êtes gentilhomme! on n'est plus poli comme ça depuis qu'on a renversé nos rois légitimes! Moi, j'ai toujours été pour nos rois légitimes! Ce n'était pas comme ce gouvernement-ci: des gens de rien du tout... un beau gouvernement de deux liards, ma foi! Mais ne parlons pas politique pour le moment; Lapiquette est républicaine: il ne faut blesser personne dans ses opinions... Quant à moi, capitaine, je suis des vôtres, vous savez... Suffit, nous nous entendons.

— Et nous nous entendrons toujours, monsieur Bambriquet, répondit l'étranger en souriant affectueusement à son futur beau-père.

L'ancien chiffonnier regarda sa fille pour s'assurer de l'impression que le capitaine avait produite sur elle : la pauvre petite s'était assise dans l'ombre et restait pensive; Bambriquet attribua cet isolement à la timidité.

—Eh bien, et monsieur Joli-Cœur? reprit-il en se tournant vers le gigantesque cousin de Lapiquette, pourquoi ne s'égaye-t-il pas? Il était si amusant l'autre jour, lorsqu'il est venu pour la première fois...

Joli-Cœur voulut ouvrir la bouche, mais Lapiquette le tira encore par son habit.

—Il s'égayera au dessert, n'est-ce pas? dit-elle en minaudant.

—Il ferait mieux de ne pas s'égayer du

tout, reprit le capitaine en jetant sur son acolyte un regard de travers. Vous avez voulu à toute force, mon bon monsieur Bambriquet, que je vous amène mon... ami, mais il faut que je vous prévienne, ainsi que mademoiselle, contre les écarts possibles de sa langue ou de ses manières... C'est un franc et loyal militaire que j'aime comme un frère, malgré ses petits défauts ; mais je dois vous prévenir qu'il a conservé un peu les usages des casernes...

— Ah çà ! va-t-on m'interloquer longtemps comme ça ? grommela Joli-Cœur évidemment vexé de cette espèce de mercuriale.

Lapiquette se hâta d'interrompre une conversation qui pouvait devenir dangereuse, et elle désigna la portière qui venait de poser sur la table une immense soupière toute fumante.

—Allons! s'écria-t-elle, voici qui égayera tout le monde... Les belles choses que l'on dit ne remplissent pas le ventre... A la soupe! à la soupe!

— A la soupe! j'en suis! s'écria Joli-Cœur en s'élançant de son siége avec cette légèreté acrobatique dont nous avons parlé.

Le capitaine Saint-Julien offrit la main à Élisa pour la conduire à sa place. A son tour, Lapiquette voulut qu'on lui fît le même honneur, et comme son cousin ne semblait pas y songer, elle lui apporta sa grosse main rouge et calleuse. Joli-Cœur prit cette main qu'on lui octroyait si libéralement, la regarda d'un air étonné, puis, ne sachant qu'en faire, la porta à ses lèvres; après quoi il fit une espèce de cabriole qui, heureusement pour sa dignité, ne fut pas remarquée des convives occupés à se placer, et il se dirigea seul vers la chaise qui lui était destinée, laissant sa cousine, la main en l'air, se rendre à table comme elle l'entendrait. En un instant sa serviette fut dépliée, étalée sur ses genoux, et il se prépara à faire largement honneur au repas.

Pendant le dîner, la conversation roula sur des lieux communs. Bambriquet parlait de tout avec l'aplomb de la plus crasse ignorance; Lapiquette avait certaines velléités de bel esprit, et jamais plus malheureuses expériences ne furent tentées dans ce genre; ses balourdises n'appelaient pas même un sourire de pitié sur les traits des convives. Saint-Julien disait peu de choses, mais il s'occupait beau-

coup d'Élisa, qui était assise près de lui. En
revanche, le cousin Joli-Cœur ne disait rien
du tout, mangeait énormément et buvait à
l'avenant; les bouteilles disparaissaient devant lui avec une telle rapidité que le capitaine et Lapiquette échangèrent plus d'une
fois des regards d'inquiétude, et que la gouvernante risqua même à voix basse un mot
d'avertissement dont le silencieux cousin ne
tint aucun compte. Sans doute il y avait dans
tout cela bien des choses qui devaient révol-
ter l'exquise délicatesse de la jeune fille, mais
elle prenait patience; la réserve du capitaine,
ses manières en apparence plus distinguées
que celles des autres convives, lui faisaient
bien augurer de l'explication qu'elle comptait avoir avec lui dès qu'il se présenterait une
occasion favorable.

Cependant une fois le courage fut sur le point de lui manquer, malgré son intention bien arrêtée de boire le calice jusqu'à la lie. Bambriquet, entre autres choses, demanda à Joli-Cœur quel métier il exerçait depuis qu'il avait quitté le service.

— Je suis professeur, répondit laconiquement le cousin la bouche pleine.

— Professeur ? et de quoi donc ?

— De *savate*; je fais dans les coups de pied, les coups de poing, les coups de bâton, à la ville et à la campagne... à votre service.

En même temps il avala un grand verre de vin, fit claquer sa langue et se remit à manger.

Bambriquet ne parut pas très-flatté de la singulière profession de l'ami de son gendre futur. Quant à Élisa, elle ne put retenir un mouvement de dégoût. Lapiquette et le capitaine remarquèrent l'une et l'autre cette fâcheuse impression.

—C'est un drôle d'état que vous avez, cousin, dit Jeanneton avec une intention maligne; mais après tout il n'est pas plus déshonorant que d'autres dont certaines gens ne se trouvent pas trop mal.

Cette allusion méchante à l'ancienne profession du maître du logis n'eût fait qu'augmenter le malaise d'Élisa si le capitaine de Saint-Julien ne lui eût dit avec un peu de confusion :

— La profession de ce pauvre garçon est, je l'avoue, peu relevée; mais que pouvait-il faire lorsque après la révolution de juillet la carrière militaire lui a manqué tout à coup? Il fallait vivre, et je n'étais pas assez riche alors pour lui venir en aide... D'ailleurs un ancien soldat rougirait d'être à la charge même d'un ami... Faut-il le blâmer s'il a gagné sa vie comme il a pu?

Une expression goguenarde se montra sur les traits de Joli-Cœur, mais il ne dit rien et il se contenta de sourire d'un air narquois. Élisa fit un effort pour répondre quelque chose, et elle ne trouva qu'une banalité.

— Il n'y a point de sot métier, dit-elle en détournant la tête et en poussant un soupir involontaire.

— Oui, c'est cela! s'écria Bambriquet qui parut frappé de la profondeur de cette vérité; elle est pleine d'esprit, cette petite! Au fait, pourquoi M. Joli-Cœur ne serait-il pas professeur de *savate?* il y a bien des maîtres d'armes, et c'est à peu près la même chose...

Dites donc, Joli-Cœur, il faudra que vous me donniez quelques leçons... on ne sait pas de quoi on peut avoir besoin.

—Quand vous voudrez, papa, dit le professeur de sa voix enrouée. Toute ma boutique est à vous et je ne vous prendrai *rien* par billet... Passez au bureau tant qu'il vous plaira.

Le dîner s'acheva; on apporta le café et les liqueurs sur la table, encore chargée des débris du dessert. Joli-Cœur, dont les fréquentes libations pendant le repas avaient illuminé la face et qui commençait à avoir quelque peine à conserver un maintien décent, avala coup sur coup plusieurs petits verres, et lorsque Lapiquette voulut par prudence enlever les flacons qui étaient devant lui, il s'y opposa d'un air d'autorité, si bien que sa

cousine n'osa, de peur d'un esclandre, exécuter son projet. Pendant qu'elle cherchait à
voix basse à lui faire entendre raison, Bambriquet se leva, tira sa vieille montre d'argent
et annonça qu'il était obligé de sortir.

FIN DU TOME PREMIER.

www.ingramcontent.com/pod-product-compliance
Lightning Source LLC
Chambersburg PA
CBHW050206030726
47505CB00005B/1539